suhrkamp nova

Simone Buchholz

Unsterblich sind nur die anderen

Roman

Suhrkamp

Gefördert durch ein Hamburger Zukunftsstipendium
der Behörde für Kultur und Medien
in Kooperation mit der Hamburgischen Kulturstiftung.

Klimaneutral
Druckprodukt
ClimatePartner.com/14438-2110-1001

2. Auflage 2022

Erste Auflage 2022
suhrkamp taschenbuch 5276
Originalausgabe

Umschlaggestaltung: Designbüro Lübbeke, Naumann, Thoben, Köln
Umschlagfotos: Gerald von Foris (Himmel und Meer),
Daniel Harwardt/Getty Images (Schiff)
Druck und Bindung: C.H. Beck, Nördlingen
Printed in Germany
ISBN 978-3-518-47276-7

www.suhrkamp.de

Unsterblich sind nur die anderen

für meine Mutter Romy,
hier hast du deinen historischen Roman

und für Nonno Stefano,
den großen Abenteuerreisenden,
Captain of our hearts

Zum Beispiel wenn wir fahren in die Nacht hinein
Deine Hand liegt in meiner Hand ganz sanft
Und beim nächsten Gang liegt sie immer noch da
Spätestens dann wird mir klar
Wenn du leise die Lieder summst, die wir beide lieben
Ich habe nichts erreicht außer dir
Ich habe nichts erreicht außer dir
Ich habe nichts erreicht außer dir
Bitte bleib bei mir, denn das Beste an mir sind wir

Bernd Begemann, *Ich habe nichts erreicht außer dir*

Also bin ich viel spazieren gegangen. Wochen, Monate, fast ein ganzes Jahr lang. Zuvor hatte ich tagelang einfach nur die Luft angehalten, so wie ich es immer mache, wenn mir alles zu viel wird. Ich halte die Luft an, wenn ich zu lang am Schreibtisch sitze, ich halte die Luft an, wenn ich mir weh getan habe, oder dir. Ich halte die Luft an, wenn etwas schiefgeht, wenn irgendwo da draußen jemand weint, wenn jemand stirbt, dann besonders lang.

Ich halte die Luft an, in dem kindlichen Glauben, dass nichts Schlimmes passiert, wenn ich nur nicht atme.

Mein Trick hat natürlich keine Auswirkungen aufs Weltgeschehen, aber er hat Auswirkungen auf mich, denn wenn ich nicht atme, wird meine linke Seite hart. Es beginnt knapp unterhalb des Scheitels, gleich über der Schläfe, und es endet kurz vor der Sohle, links vom Spann. Wenn die linke Seite so hart ist, dass ich es endlich mal merke, gehe ich spazieren. Lockerungsübungen in den Straßen.

Eines Tages bog ich unten am Hafen links ab, vielleicht weil ich halt diese Schlagseite habe, vielleicht lief ich aber auch einfach nur einem anderen Spaziergänger hinterher, und dann bog ich nochmal links ab und nochmal, und es wurde dunkel, und es wurde hell, bald kamen der Sommer, der Herbst und der Winter, es war ein langer Winter mit kaltem Regen und Blitzeis, aber eines Morgens zeigte sich das ganze Licht, der Frühling fiel über die Stadt her, da lief ich gerade durch den Tunnel unterm Fluss, und auf der Südseite angekommen, am Ende der endlos langen Treppe zurück nach oben, bog ich ein letztes Mal links ab, und so stand ich vor diesem Laden.

Er klebte klein und quadratisch über einem alten Fährkanal. Unter der blau-weißen Markise, auf zwei Metern Beton direkt am Wasser, stand eine eiserne Bank. Im Schaufenster hingen ein paar nautische Instrumente aus Messing und ein gutes Dutzend Buddelschiffe. Mit dicker, weißer Farbe hatte jemand »täglicher Bedarf« auf die Scheibe geschrieben.

Ich setzte mich auf die harte Bank, meine linke Seite fühlte sich ganz okay an. Meine Füße baumelten über dem Kanal. Ich war erschöpft, aber ich atmete gleichmäßig. Die Tür des Ladens ging auf, eine zarte Glocke bimmelte.

»Guten Tag.«

Vor mir stand eine Frau in Jeans und hellgrauem T-Shirt, ihre dicken schwarzen Locken waren mit silbernen Fäden durchzogen und zu einem festen Knoten gebunden, an den Füßen trug sie Clogs aus hellem Holz und braunem Leder. Sie war ungefähr in meinem Alter, vielleicht ein paar Jahre jünger als ich, vielleicht hatte sie aber auch einfach nur Glück mit ihrem Gesicht. Um ihre Augen lagen die Geschichten ihres Lebens, die schönen und die weniger schönen.

»Guten Tag«, sagte ich.

Sie sah mich an und lächelte.

»Darf ich hier kurz sitzen?«, fragte ich. »Vor Ihrem Laden? Ich bin so weit gelaufen.«

»Natürlich«, sagte sie und schaute für einen Moment aufs Wasser. Dann sah sie wieder mich an. »Möchten Sie Kaffee? Ich habe eben eine Kanne auf den Herd gestellt.«

»Ehrlich gesagt hätte ich lieber ein Glas Wasser.«

»Aber zum Kaffee, oder?«, fragte sie.

Der Kanal plätscherte friedlich vor sich hin, die Sonne ließ ihn glitzern.

»Ach, warum nicht«, sagte ich.

Die Frau verschwand durch die Ladentür, dabei summte sie irgendein Lied, die Glocke klingelte ihr hinterher, und wenige Minuten später war sie wieder da und setzte sich zu mir, das Tablett mit zwei Tassen Kaffee und zwei Gläsern Wasser stellte sie zwischen uns auf die Bank.

»Danke«, sagte ich.

»Bitte«, sagte sie.

Ich kippte Milch in meinen Kaffee. Und Zucker.

»Und Sie verkaufen also Buddelschiffe.«

Seit ich klein war und mit meinem Großvater viel in nautischen Zusammenhängen unterwegs, wollte ich so ein Ding haben, eine Flasche, in der ein Segelschiff wohnt, ich hatte aber über all die Jahre nie die Gelegenheit gehabt, eine zu kaufen, beziehungsweise: Irgendwas war wohl immer wichtiger gewesen.

»Ja«, sagte sie, »Buddelschiffe für den täglichen Bedarf«, und nahm einen Schluck von ihrem Kaffee, sie trank ihn schwarz.

»Buddelschiffe sind täglicher Bedarf?«

»Für manche Leute schon.«

»Interessant«, sagte ich, »und davon können Sie leben?«

»Nein«, sagte sie, »ist nur ein Hobby. Eigentlich bin ich Professorin.«

Sie sah mir in die Augen.

»Prof. Dr. Schneider, Lehrstuhl für Buddelschiffologie an der Uni Kiel.«

»Die Uni Kiel hat einen Lehrstuhl für Buddelschiffologie? Sowas gibt's?«

»Na ja«, sagte sie, »das hab ich jetzt nur so gesagt.«

»Ach so.«

»Ja, ach so.«

Wir tranken Kaffee, und ich dachte kurz darüber nach, was für eine Idiotin ich doch bin. Professor Schneider zündete sich eine Zigarette an.

»Sie können ruhig reingehen und sich die Schiffe mal ansehen.«

»Das würde ich wirklich gern«, sagte ich, »danke.«

Sie drehte den Kopf zur Tür.

»Na dann, viel Vergnügen, und passen Sie auf sich auf.«

Ich wusste nicht genau, wie sie das meinte, aber ich stellte meine Tasse zurück aufs Tablett und ging rein. Professor Schneider blieb draußen auf ihrer Bank.

Die Schiffe standen dicht gedrängt in den Regalen, sie hingen von den Decken und stapelten sich auf Tischen. Dreimaster, Viermaster, Jollen und Fischerboote, Dschunken und Piratenschiffe, Raddampfer und Ozeanriesen. Das Licht schimmerte sepiafarben in all dem Glas und den alten Materialien. Der Raum war nicht groß, er roch nach Holz, nach Leim und nach Salzwasser. Alles schien in Bewegung zu sein. Am hinteren Fenster, das nicht viel größer war als ein Bullauge, stand eine bauchige Flasche. Das Schiff darin wirkte merkwürdig aus der Sammlung gefallen. Es hatte nichts Historisches oder so, es sah eher aus wie ein zeitgenössisches Kreuzfahrtdings, wenn auch viel weniger luxuriös, und insgesamt vielleicht ein bisschen kleiner.

Ich passte auf mich auf, so wie sie es gesagt hatte, aber ich nahm die Flasche in die Hand, und ich verlor mich dort an Deck und in dem, was hinter den kleinen Fenstern lag, auf der Brücke, in den Kabinen, in einer Art Bar. Das Schiff war weiß, hatte einen flachen, doch langen, fast übers halbe Oberdeck gezogenen Schornstein, der Schornstein war dunkelblau, die Reling schimmerte in mattem Gold.

Ich hatte gar nicht mitbekommen, dass ich wieder rausgelaufen war, mit dem Buddelschiff in der Hand, und so fand ich mich bei Professor Schneider auf der Bank.

»Das haben Sie sich ausgesucht? Echt jetzt?«

Ich verstand nicht so recht.

Sie zündete sich eine neue Zigarette an.

»Möchten Sie auch eine?«

»Danke«, sagte ich, »ich hab aufgehört.«

Wir sahen uns in die Augen.

»Jetzt machen Sie es schon auf«, sagte sie.

»Aufmachen?«

»Na klar, deshalb sind Sie doch hier, oder?«

»Keine Ahnung, warum ich hier bin«, sagte ich.

»Meine Schiffe sind für den täglichen Bedarf«, sagte sie, »es ist Tag, und Sie haben offenbar Bedarf. Also machen Sie's auf, verdammt.«

Ich legte das Buddelschiff auf meinen Schoß und hielt – was sonst – die Luft an.

»Aber nicht gleich die ganze Flasche auf einmal, ja?«

»Okay«, sagte ich, dann zog ich den Korken.

Lichtinstallationen

Sie waren so gut wie allein auf der Straße nach Norden, in der Ferne glühten die Rücklichter des einzigen anderen Autos. Gleich hinter der dänischen Grenze war links und rechts der Autobahn Nebel über die Landschaft gekrochen, inzwischen deckte er alles zu, die Welt dahinter war wie verschluckt.

Das Wetter legte sich um Ivas Gedanken, sie steckte sich noch einen Keks in den Mund.

Malin saß neben ihr, hielt das Lenkrad mit beiden Händen fest und bewegte den Kopf zur Musik. Zu Ivas Füßen stand die Tasche mit dem Proviant. Chips, Nüsse, Kekse, Obst, Schokolade, Gummizeug. Bier und Wein für später.

Freitagabend, Mitte November.

»Da«, sagte Malin, »Aalborg.«

Für ein paar Sekunden war im Nebel ein Schild aufgetaucht, jetzt war es schon wieder verschwunden.

»Dreiviertelstunde noch.«

Iva sah ihre Freundin an, und eine warme Welle flutete ihren Bauch. Malin liebte es, die Zeit einzuteilen, statt sie einfach nur laufen zu lassen. Vielleicht weil es ihr das Gefühl gab, diejenige zu sein, die entscheidet. Sie sang eine halbe Songzeile aus dem Radio mit, während sie freundlich, aber bestimmt auf die weiße Wand aus Nebel zufuhr.

»Hier«, sagte Iva und hielt Malin die Kekspackung unter die Nase. »Nimm noch einen.«

Die blaue Leuchtreklame des Hotels war exakt genauso hoch wie der zweistöckige Bau, dem sie aus dem Kopf wuchs. Das

Teil schüttete kaltes Licht über den Strand und über die erste Reihe der Wellen. Der Nebel hatte sich verzogen, die Luft war klar und knisterte auf den Lippen.

»*Desperate Rooms.*« Iva zog an ihrer Zigarette und tippte mit dem Mittelfinger an Malins Stirn. »Ernsthaft?«

»Die anderen Hotels hier in dem Kaff hatten alle so schlimme Bewertungen«, sagte Malin. »Und das war das Einzige, zu dem niemand *irgendwas* geschrieben hatte.« Sie zog nochmal an ihrer Zigarette, trat sie aus und nahm ihren Rucksack in die Hand. »Außerdem stand da einfach nur *Hotel.* Das fand ich gut.«

»Da steht *Hotel Desperate Rooms*«, sagte Iva.

»Na ja, das haben die da halt so hingeschrieben«, sagte Malin. »Aber komm, es sieht doch echt okay aus, oder?«

Iva fand, dass es sogar mehr als okay aussah. Ein hellgraues, pragmatisches und nicht zu großes Quadrat mit zweimal vier weißgerahmten Fenstern, vier im Erdgeschoss, vier im oberen Stockwerk. Warmes, gelbes Leuchten an der Rezeption gleich hinter der Glastür. Dann noch die eisige Schrift auf dem Dach und der Sternenhimmel.

Überall lag Seegras herum, und der Wind spielte ein bisschen damit, als hätte er es höchstpersönlich von den Dünen herübergeweht. Iva spürte den Sand unter den Stiefeln und ließ ihre Zigarette fallen.

Der Mann an der Rezeption war der Typ argentinischer Pilot, hart geschnittenes Gesicht, bisschen angeknackste Nase, dichtes, dunkles Haar, er hatte es mit glänzendem Zeug aus der Stirn gestrichen. Seine braunen Augen waren enorm wach, sie zerschnitten die Luft, gleichzeitig schien in seinen Wimpern eine große Traurigkeit hängenzubleiben und ihm die Lider schwer zu machen. Das war ein Blick der Kategorie 1A, der immer ins Schwarze traf, in jedes Herz, das er vor sich hatte, ob es offen war oder verschlossen. Er kriegte sie alle mit seinem Blick, das war offensichtlich.

Iva und Malin zahlten im Voraus, der Typ gab ihnen die Schlüssel zu ihrem Zimmer, dann gingen sie an der kleinen Bar vorbei, sein Blick in Ivas Nacken baute Druck auf, aber das Gefühl ließ auch schnell wieder nach.

Die Bar wirkte behelfsmäßig. Als wäre sie gerade erst gebaut worden. Am Tresen saß eine Frau mittleren Alters, ihr Gesicht war nicht unbedingt schön, aber doch anziehend, sie trank Flaschenbier und sah ihnen hinterher. Sie trug Jeans, goldene Stiefeletten, ein weißes Hemd und einen Trenchcoat. Ihr schulterlanges Haar hatte die Farbe von Kastanien. Sie wirkte, als wäre sie die Chefin von allem.

Das Zimmer lag im ersten Stock, mit Blick aufs Meer. Iva saß am Fenster, draußen waren die Dünen und das blaue Licht, die schwarze Nordsee griff nach dem Himmel. Malin lag auf dem Bett und krümmte sich ein bisschen.

»Ich hab Eisprung.«

»Ich auch«, sagt Iva und stellte ihr Wasserglas aufs Fensterbrett. »Rutsch rüber.«

Malin rutschte, Iva legte sich hinter sie auf die frei gewordene Hälfte des Betts und legte die Arme um ihre Freundin, die Naturwissenschaftlerin, die allein war auf der Welt, ohne Eltern, ohne Geschwister, ohne Kinder. Auf den ersten Blick so zerbrechlich, in Wahrheit aber kraftvoll und stabil. Malins glatte, weizenblonde Haare flossen übers Kissen und ein paar Strähnen auch in Ivas Gesicht. Iva, die ihre dunklen, störrischen Locken seit Ewigkeiten zu einem festen Knoten band, der eigentlich unlösbar war, fand es faszinierend, wie offen Malin ihre Haare mit sich herumtrug, ohne dass sie Probleme machten.

»Arschlöcher«, sagte Malin, »verdammte Arschlöcher.«

Iva war gedanklich noch bei Malins Haaren und wusste nicht so recht.

»Was?«

»Na, die.«

»Wer die?«

»Na, weil die sich einfach so verpisst haben.«

»Ach die.«

»Am Ende hängen sie kiffend an irgendeinem Fjord rum. Und Tarik hat mich vergessen.«

»Das ist Quatsch, Malin, das weißt du.«

»Weiß nicht.«

»Das haben wir auch schon tausendmal besprochen, dass das ganz bestimmt nicht so ist.«

Malin stöhnte.

»Und wenn du mir jetzt nochmal damit kommst«, sagte Iva, »pack ich meine Klamotten und nehm den nächsten Zug nach Hause.«

»Mach das nicht.«

»Natürlich mach ich das nicht.«

Sie strich ihrer Freundin über die Haare. Klar, dass sie lieber wütend war auf Tarik, als sich Sorgen um ihn zu machen. Aber dass er sich abgesetzt haben könnte, war Bullshit. Iva kannte Tarik nicht halb so gut, wie Malin ihn kannte, doch er war keiner, der sich verpisste. Er war nicht der Typ, der die Dinge mal eben so hinschmiss. Er hatte über Jahre gekämpft und geackert, um da hinzukommen, wo er war, er war stolz auf seinen festen Job bei dieser Zeitung. Er war inzwischen stellvertretender Irgendwas, er bezahlte die Miete für die Wohnung seiner Eltern, und nebenbei kümmerte er sich um seinen Bruder, der Probleme hatte, in der Welt klarzukommen. Wie oft er von dem schon angerufen worden war, mitten in der Nacht, wenn sie in Malins Küche saßen oder in einer Kneipe, und wie er dann tatsächlich jedes Mal gesagt hat: Sorry, ich muss los. Iva war da manchmal fast ein bisschen beleidigt gewesen, weil sie sich versetzt gefühlt hatte, obwohl es ja überhaupt nicht um sie gegangen war.

Tarik ließ niemanden hängen, und schon gar nicht Malin. Sie waren wie Geschwister und gleichzeitig ein Liebespaar – wenn es eben gerade mal passte, manchmal passte es monatelang.

Sie kannten sich aus der Schule, aus der Zehnten oder so, auf jeden Fall ewig.

In Malins Küche hing ein Foto von ihr und Tarik, es zeigte sie im Garten von Malins Eltern, ein paar Jahre vor dem beschissenen Verkehrsunfall, Malin und Tarik mit Pfirsichhaut, Teenager halt, fast noch Kinder. Malins Vater im Hintergrund am Grill, die Mutter das Foto von der Seite mit einer Grimasse bombend, aufgeblasene Wangen und Kulleraugen.

»Das passt echt überhaupt nicht zu ihm«, sagte Iva, »dass er sich nicht mehr meldet. Es muss irgendwas passiert sein, der *kann* sich nicht melden.«

Da fiel es ihr auf.

Sie schluckte.

»Aber tot ist er nicht, Malin.«

»Ich weiß, dass er nicht tot ist«, sagte Malin und setzte sich auf. »Wir sind zwei in eins. Wenn er tot wäre, Alter, das wüsste ich aber.«

Die blonden Haare fielen ihr über die Schultern. Iva hatte

Lust auf eine Zigarette, aber keine Lust, sich ans Fenster in die kalte Luft zu stellen. Sie atmete tief ein und wieder aus.

»Dann würdest du es auch spüren, wenn ich tot wäre?«

»Hallo«, sagte Malin, »meine Welt würde zerbröseln, wenn du tot wärst.«

»*Come on*«, sagte Iva.

»Ich hab nur dich. Dich und Tarik.«

Iva zog Malin wieder zu sich auf die Matratze und nahm sie fest in den Arm.

»Wir finden ihn.«

Vielleicht hielt sie ihre körperlich so zarte Freundin jetzt etwas zu fest, aber das passierte ihr mit ihrer Tochter auch hin und wieder, und es tat nicht wirklich weh, man konnte das schon aushalten, sie war eher einfach nur sehr da in diesen Momenten. Und so schliefen sie ein, ohne das Bier oder den Wein auch nur angerührt zu haben.

Im Bad brannte noch Licht.

Gegen Mitternacht standen der Mann von der Rezeption und die Kastanienhaarfrau am Wasser. Sie schauten aufs Meer, der Mond erhellte den Himmel, die Leuchtreklame auf dem Dach war ausgeschaltet, alle Lichter des Hotels waren erloschen, auch die in den Zimmern.

Es war ja eh nur das eine belegt, wie immer.

Die Frau hielt die linke Hand des Mannes, der rechte Arm hing irgendwie leblos an ihm herunter.

17. Oktober 2014

im Licht der Schiffscomputer
schlafen sie mit mir
umgeben von Navigationsinstrumenten
und draußen liegt die schwere See, und sie erzählen
mir, dass jetzt drei mehr an Bord sind.

ich sage: okay okay, ich merke es mir, später, aber mich
stört das nicht, sollen ruhig alle herkommen, solange
sie keine Nazis sind.

oh wow
was macht ihr da

was immer du willst, sagen sie, du bist der Kapitän

und dann hab ich schon wieder die roten, glänzenden
Locken in meinen Händen, ich hab den Sturm in den
Lungenflügeln und die Wellen im Herzen
dann die Blitze im Bauch
und irgendwo ist
wie immer
ein Fischschwanz im Weg

And all men will be sailors then

Vor ein paar Minuten erst war es richtig hell geworden, das Morgenlicht kam spät in dieser Jahreszeit und auf diesem Breitengrad. Iva goss Malin nochmal Kaffee nach, sie selbst holte sich einen Ingwer-Zitronen-Tee. Mit Koffein kam sie morgens nicht gut klar, Kaffee fühlte sich zu dicht an, so kurz nach dem Aufstehen, da brauchte sie eher etwas, das den Tag verdünnte.

Sie war der Nachmittagskaffeetyp.

Die Frau mit dem kastanienbraunen Haar hingegen schüttete sich einen Espresso nach dem nächsten rein. Sie saß schon wieder an der Bar, statt des Trenchcoats trug sie einen schwarzen Rollkragenpullover, und sie hatte jede Menge Zettel vor sich, einen Taschenrechner und ein Buch.

Der Mann von der Rezeption saß neben ihr und schaute sie an.

»Ich find die beiden ja ganz nett«, sagte Iva leise, als sie sich wieder an den Tisch gesetzt hatte, »aber irgendwie sind sie auch merkwürdig. Die reden überhaupt nicht miteinander.«

»Die sind voll daneben«, sagte Malin.

Iva nahm einen Schluck von ihrem heißen Tee. »Das finde ich jetzt ein bisschen hart, Malin.«

»Ich mein das ja nicht böse«, sagte Malin, »aber schau sie dir doch an, die gehören überhaupt nicht hierher. Die gehören ganz woanders hin.«

»Ist mir zu esoterisch.«

»Mir auch, aber ich bleib dabei.«

»Wie du drauf bist gerade, Frau Wissenschaftlerin …«

»Ja, ich weiß auch nicht«, sagte Malin und kippte ihren Kaffee. »Sollen wir?«

Iva sah aus dem Fenster, das Licht hatte sich schon wieder verzogen, es war von den Wolken aufgegessen worden. »Ja, lass packen, und dann steigen wir auf das beknackte Schiff.«

»Das Schiff heißt MS Rjúkandi«, sagte Malin.

»Das Schiff kann heißen, wie es will«, sagte Iva, »solange ich in genau einer Woche wieder hier bin, und spätestens morgen in einer Woche wieder zu Hause.«

Malin griff über den Tisch hinweg nach Ivas Händen.

»Er passt gut auf sie auf, Iva.«

»Natürlich tut er das.«

»Und sie ist gern bei ihrem Papa.«

»Natürlich ist sie das.«

Iva wusste, dass es anders war.

Sie entzog sich Malins Griff und stand auf.

Der Tee war zu heiß.

Irgendwie stimmte gar nichts an diesem Tag.

»Packen?«

»Packen.«

Zwanzig Minuten später warfen sie ihr Gepäck ins Auto, stiegen ein und fuhren los Richtung Hafen.

Der Typ an der Rezeption sah die Kastanienhaarfrau an, sie atmeten zeitgleich ein und wieder aus, und im nächsten Augenblick war das Hotel verschwunden.

Iva stellte ihre Reisetasche ab. Die MS Rjúkandi lag sachte schwankend am Kai.

»Das Ding ist größer, als ich es mir vorgestellt hatte.«

»So riesig ist sie doch gar nicht«, sagte Malin, »also, im Vergleich zu den Kreuzfahrtmonstern, die bei uns im Hafen liegen.«

»Na ja, hat was von einem Parkhaus«, sagte Iva und legte den Kopf schief.

Das Schiff war weiß, die Farbe wirkte, als könne sie jederzeit abblättern, und schien trotzdem unerhört sauber zu sein, für so ein Allwetterschlachtross, das sich Woche für Woche über die Nordsee und den Atlantik und wieder zurück arbeitete.

Die Schiffslampen der Rjúkandi verströmten ein warmes, goldenes Licht, und auch der Name der Fähre, oben am Bug über den Fenstern der Außenkabinen, leuchtete in Gold, was dem geradlinigen Schriftzug ein etwas aufdringliches Weihnachtsbaumgefühl gab. Vielleicht lag das ganze zarte Leuchten aber auch am Nebel, der über Nacht die Autobahn hochgekrochen war und sich jetzt hier am Wasser festgesetzt hatte. Als hätte das Wetter einen gigantischen Weichzeichner im Schlepptau. Iva zündete sich eine Zigarette an.

»Vor vier Wochen stand Tarik hier«, sagte Malin, »mit den beiden anderen Volltrotteln.«

Iva hielt ihr die Zigarette hin, Malin nahm einen Zug und gab sie zurück.

»Die beiden anderen Volltrottel«, sagte Iva.

»Ja, Mo, der ist echt so ein Trottel, meine Güte.«

Mo, dachte Iva, wie hieß der noch richtig, Moritz Steinleitner oder so, irgendwas Süddeutsches auf jeden Fall, der war eines Tages aus München gekommen, und ein paar Jahre später war er dann Tarik vor die Füße gestolpert, da hatte der noch Sportberichterstattung gemacht, und Mo hatte gerade seine Basketballkarriere beendet, wegen Knie oder Hand oder Kopf oder was auch immer. Die beiden sind ein paar Nächte lang zusammen abgestürzt, seitdem hing Mo an Tarik dran, so wie viele Leute einfach an Tarik dranhingen.

Iva konnte mit Mo nicht viel anfangen, aber das musste sie ja auch nicht.

Und Flavio. Der war Iva zu Beginn zu schlaksig gewesen, zu zart in seiner ganzen Erscheinung, wie diese Krankenhausärzte halt manchmal sind, filigrane Hände und sanfter Blick und so. Aber am Ende hatten sie sich ineinander verkeilt, nach jeder Menge Wein und ein paar unnötigen, zu süßen Spirituosen, und es war gar nicht mal so übel gewesen, auf der harten Bank hinterm Bootshaus. Trotzdem. Schon auch ganz schön trottelig. Also, nüchtern betrachtet.

Iva zog an ihrer Zigarette und bei dem Gedanken an Flavio eine Augenbraue nach oben. Dann begutachtete sie weiter das Schiff, heftete ihren Blick an die Gangway. Half ja nichts jetzt.

Mitgezockt, mitgekocht, oder wie ging der Spruch noch gleich.

»Los«, sagte Iva und warf mit großer Geste ihre Zigarette weg, »einchecken und ab nach Island.«

Malin nahm ihre Reisetasche in die Hand.

»*Okay, let's do it.*«

Um zum Schiff zu kommen, mussten sie durch einen Brutalismusklotz aus Beton und dann eine Rolltreppe hoch. Malin ging voran, und da stand sie also in ihrer hauchdünnen, Malin-typischen Entschlossenheit und fuhr nach oben. Sie drehte sich zu Iva um und machte große Augen, ihr Mund formte ein *OMG,* und Iva folgte ihr auf die Rolltreppe und von der Rolltreppe in die Wartehalle, die den Charme des Abflug-Gates eines Regionalflughafens hatte.

Malin saß schon auf einem der schwarzen Kunstlederstühle und klopfte auf den Platz links neben sich, als Iva noch nach Orientierung suchte.

»Ich bleib erstmal stehen«, sagte sie und blieb erstmal stehen, schaute aufs Wasser, aufs dunkle Meer. Es wirkte bedrohlich. »Auch irgendwie größer, als ich es mir vorgestellt hatte.«

»Du alte Ostseebraut«, sagte Malin. »Wurde echt Zeit, dass du mal an die Nordsee kommst.«

»Lass mich, ich mag die Ostsee.«

Ihr wurden ein bisschen die Stiefelsohlen weich, für einen Moment entglitt ihr etwas, das sich erst anfühlte wie der Boden unter ihren Füßen und dann wie ihr ganzes bisheriges Leben.

Sie holte ihr Telefon aus der Jackentasche und rief ihre Tochter an. Die ging nach dem zweiten Klingeln ran.

»Hey Lilo, was machst du?«

»Fernsehen.«

»Bist du gar nicht verabredet heute?«

»Die anderen haben was anderes vor.«

»Wieso, was haben die denn vor?«

»Weiß nicht.«

»Wen hat Papa denn gefragt?«

»Weiß nicht.«

»Hat Papa denn wen gefragt?«

»Weiß nicht.«

»Lilo.«

»Mama.«

»Ja, mein Schatz.«

»Wann kommst du nochmal wieder, Mama?«

»In einer Woche bin ich wieder da. Eine Woche nur.«

»Okay.«

»Okay?«

»...«

»Also, pass auf, ich steig gleich auf das Schiff, da kann ich dann nicht mehr telefonieren, aber ich schick dir übers Schiffs-WLAN ganz viele tolle Bilder, ja?«

»Mhm.«

»Also, Lilo.«

»Mhm.«

»Tschüs, ich hab dich lieb.«

»Ich dich auch, Mama.«

Sie steckte ihr Telefon weg, ihr Herz knackte.

Malin sah sie an. »Jetzt schau nicht so traurig.«

Iva spürte ihre Schultern schwer werden.

»Du interpretierst immer in alles so viel rein«, sagte Malin.

Du hast keine Kinder, dachte Iva, du weißt nicht, wie das ist, sie allein zu lassen, und schon hasste sie sich für diesen Gedanken, weil Malin vielleicht keine Mutter war, dafür aber ja wohl das alleingelassene Kind schlechthin.

Eine junge Frau in einer Art Stewardessenkostüm redete in ein Mikrofon: »Meine Damen und Herren, herzlich willkommen am Check-in der MS Rjúkandi, Ihr Schiff ist jetzt bereit zum Einsteigen.«

Malin stand auf, sie nahm ihre Reisetasche und ihren Rucksack, sie hakte sich bei Iva unter und sagte »so«, sie zog sie mit auf die Gangway, die stabil und wackelig zugleich war, eigentlich verhielt sie sich exakt genau so, wie Ivas Stiefel sich anfühlten.

Rüttel rüttel, sagte die Gangway, als sie alle drei von einer Windböe erwischt wurden.

Ihre Kabinen waren klein, sahen jedoch ganz gemütlich aus, gemütlich genug zumindest: ein Bett mit zwei Kopfkissen und einer dicken Decke, ein Bullauge, eine Art Heizung an der Decke. Die Motoren füllten die Wände mit einem trägen, nachhaltigen Brummen aus dem Schiffsbauch.

»Wann legen wir nochmal ab?«

»Halbe Stunde«, sagte Malin.

»Solche Schiffe«, sagte Iva, »die tun immer so großartig, aber ich nehm denen das nicht ab. Mich machen die nervös.«

Malin ging einen Schritt auf sie zu und nahm sie in den Arm. »Danke, dass du trotzdem mitkommst.«

»Hallo«, sagte Iva, »das stand nie zur Debatte.«

Nun ja.

An Deck war die Welt komplett blau. Das Blau des Meeres, da zogen ein paar Schlepper ihre Bahnen. Das Blau des Himmels, da machten die Wolken ein Riesendrama. Und dann dieser blaue Kunststoff, mit dem das Zwischendeck und wahrscheinlich auch alle anderen Decks überzogen waren, der strahlte, als hätte die Nordsee ein Fass Sonne getrunken.

Das Meer schimmerte mit jedem Schwanken der MS Rjúkandi ein bisschen dunkler.

Außer Iva und Malin standen noch ein paar andere Passagiere unterm Himmel herum, viele allein, manche zu zweit, maximal zu dritt, als wären sie auf ihrem Weg hierher einer größeren Gruppe verloren gegangen.

Mit einem Knistern meldeten sich die Schiffslautsprecher.

Ah, dachte Iva, eine Durchsage, bestimmt würden sie

gleich vermelden, dass wir nicht ablegen können, warum auch immer.

Dass wir hierbleiben müssen.

Aber auf das Knistern folgte keine Durchsage, sondern Musik, sie füllte das Deck und den Wind mit Melodie und Text und Gefühl, und Malin sagte: »Oh.«

»Leonard Cohen«, sagte Iva, »live in London.«

»*Suzanne*«, sagte ein Mann in einem blauen Parka, der gleich neben ihnen an der messingfarbenen Reling stand. Der Mann war groß und von schlecht fassbarem Alter, irgendwas zwischen Mitte fünfzig und Mitte siebzig, seine Jacke war abgetragen, geradezu verschlissen, seine kinnlangen Haare waren grau, sein Bart auch, alles ein bisschen vergilbt. Wahrscheinlich rauchte er zu viel.

Er hatte eine Reisetasche in der Hand und einen Gitarrenkoffer auf dem Rücken.

»Richtig«, sagte Iva.

»Sorry?«, sagte er.

Iva sah ihn an.

»*Where are you from?*«

»*Oslo*«, sagte er, »*Norway.*«

Er sah sie nicht an dabei, er schaute aufs Wasser.

»*And you?*«

»*Hamburg, Germany.*«

Jetzt drehte er sich doch zu ihr um, verbeugte sich übertrieben tief, mit Armbewegung und allem, als wäre das Deck eine Bühne, dann wiederholte er die Verbeugung Richtung Nordsee, und dann ging er. Bevor er ganz verschwand, drehte er sich nochmal um und rief gegen den Wind und Leonard Cohen an, aber Iva verstand nur irgendwas mit »*bar*« und »*tonight*«.

»Zack«, sagte Malin und zog die Augenbrauen hoch, »Freund gefunden.«

»Ja, netter Typ.«

»Wie so ein kaputtgegangener Wikinger in Jeans und Parka«, sagte Malin, während sie aus ihrer Jacke einen Windschutz für Iva baute, die vergeblich versuchte, sich eine Zigarette anzuzünden.

»*And all men will be sailors then*«, sagte Iva, als die Zigarette endlich brannte, das Nebelhorn verschluckte die Reste der Musik, gemeinsam mit dem flatternden Wind.

»Geht los jetzt«, sagte Malin.

Nochmal das Nebelhorn, nochmal der Wind.

Iva blies gemeinsam mit dem königsblauen Schornstein weißen Rauch in die Luft und reichte die Kippe an Malin weiter, Malin nahm einen schnellen Zug und gab sie wieder zurück.

»Wenn ich dir sage, dass Tarik hier ist, hier auf dem Schiff, weil ich das fühlen kann und weil ich es sowieso weiß, weil wir sonst ja auch gar nicht hier wären, glaubst du dann, dass ich spinne?«

Iva war vollkommen klar, dass Malin genau wusste, was sie tat und fühlte, ganz im Gegensatz zu ihr. Malin hatte früh gelernt, sich auf ihre Instinkte und ihren Verstand zu verlassen, denn es war niemand mehr da gewesen, der ihr hätte sagen können, was richtig war und was falsch.

»Klar spinnst du«, sagte sie.

»Danke«, sagte Malin. »Ich wollte es nur kurz nochmal besprechen, zum dreitausendsten Mal.«

Es rumpelte im Bauch der Rjúkandi, und Iva konnte die Kraft spüren, die der Maschinenraum jetzt entwickelte, während der Boden unter ihren Füßen vibrierte. Ihr eigener Maschinenraum reagierte und schickte eine Gänsehaut von der Lendenwirbelsäule bis in den Nacken.

Das Schiff hob sich.

Iva suchte die Küstenlinie nach dem Hotel von letzter Nacht ab, irgendwo da musste es doch sein, zwischen dem Leuchtturm und der ewig langen Kaimauer.

Aber da war nichts.

Ein paar Möwen stiegen auf und stellten sich in den Wind. Riesige Möwen, Profimöwen.

Malin strich sich die Haare aus dem Gesicht.

»Wie lang die wohl mitfliegen.«

»Ewig«, sagte Iva.

Sie suchte sich eine aus, starrte sie an und schickte sie gen Süden, zu ihrer Tochter.

Die Maschinen gaben Stoff, das Schiff nahm Fahrt auf, es roch nach Diesel. Die beiden Frauen blieben an Deck und starrten aufs Wasser, bis die Dämmerung kam, und mit der Dämmerung auch der Wind.

15. November 2014

Es ist alles wie immer: Wir fahren.

Die drei Neuen entwickeln sich ausgezeichnet.
Dafür, dass es ein Versehen war und dass sie erst seit ein paar Wochen hier sind. Es überrascht mich wirklich sehr, wie gut und schnell sie sich einleben
wo ich mich doch
immer weiter
rauslebe

Was soll schon schiefgehen

Bei Einbruch der Dunkelheit saßen sie in der Bar, ganz dicht an einem der großen Fenster, quasi direkt überm Wasser. Unter ihnen tanzten die Schaumkronen. Iva klebte mit der Stirn an der Scheibe und wusste nicht, wohin mit dem Glas Rotwein in ihrer Hand.

»Ich glaub, mir wird schlecht.«

Malin holte eine Tüte mit kandiertem Ingwer raus und legte sie auf den Tisch.

»Hier, hilft gegen Seekrankheit.«

»Also, äh«, sagte Iva. »Mir wird *richtig* schlecht, ich merk das schon. Ich geh gleich mal zur Rezeption und hol mir irgendwelche Pillen.«

»Obacht«, sagte Malin, »krasses Zeug.«

Über dem Eingang zur Bar leuchtete eine Videowand, die den zu erwartenden Wellengang ankündigte.

»Das aber auch«, sagte Iva. Für die Nacht waren fünf bis sechs Meter in der Ziehung. »Ich bin gleich wieder da, und dann bestellen wir uns was Stärkeres.«

Sie stand auf und spürte das Schwanken der Fähre, den Schwindel in ihrem Kopf, ihren sich aufbäumenden Gleichgewichtssinn.

»Alter, ey.«

»Okay«, sagte Malin, »du kaufst dir Tabletten, ich frag mich derweil zu den Long Drinks durch.«

Iva registrierte den metallischen Geschmack in ihrem Mund und sah zu, dass sie rauskam aus der Bar, aber der Weg zur Rezeption führte durch Gänge und über Treppen und

Decks, es war kompliziert und verwirrend, und Iva war sich nicht sicher, ob sie es innerhalb einer Woche schaffen würde, sich hier zurechtzufinden, geschweige denn, ob sie heute noch da ankommen würde, wo sie hinwollte. Sie hatte das Gefühl, im Kreis zu laufen und allein zu sein in den Gängen, es schien, als wäre außer ihr niemand an Bord.

Eben in der Bar waren sie bis auf zwei junge Barkeeper auch allein gewesen, und für einen Moment hatte sie sich da schon gefragt, wo sich die anderen Menschen versteckten, ob sie sich irgendwo unter Deck trafen, im Bauch, in der Wärme, dicht an dicht. Sie hatte den Gedanken schnell wieder weggewischt, aber jetzt war er sehr gegenwärtig, er ließ sich nicht mehr verdrängen. Sie hatte plötzlich Bilder im Kopf von Haut an Haut, bewegte Bilder, was war hier los, du lieber Himmel.

Und dann war der Gang zu Ende, und sie wusste nicht, ob sie links oder rechts abbiegen sollte, sie war komplett verlorengegangen, hier und in ihrem Kopf.

Sie konnte nicht sehen, wo es jeweils enden würde, wo die beiden Gänge hinführten, und wo das Durcheinander in ihr.

»Fuck, ich will doch nur Pillen kaufen.«

Ein Quietschen, oder war es ein leises Schreien, sie drehte sich um. Da saß eine Möwe auf dem grauen Teppichboden.

»Hey«, sagte Iva. »Na?«

Die Möwe sah merkwürdig aus. Die Augen ein bisschen zu groß für eine Standardmöwe, die Winkel um den Schnabel zeigten ganz leicht nach oben, und auf ihrem Kopf stand ihr eine Gruppe von Federn zu Berge, als hätte sie sich einen Iro schneiden lassen. Sie legte den Kopf zur Seite und nochmal zur anderen Seite, und dann lief sie los, an Ivas Füßen vorbei, hallo, guten Tag, ja, ja, und dann bog sie mit großer Entschlossenheit links ab.

»Okay«, sagte Iva und fragte sich, ob ihr Blick schief lag. Die Möwe drehte sich kurz zu ihr um, produzierte einen dieser typischen Möwenlaute, spannte die Flügel, startete und segelte den engen Gang entlang, ohne an die Wände zu stoßen, was Iva fast unmöglich vorkam, aber bitte. Sie folgte dem Vogel durch den immer schmaler werdenden Gang.

Sie hatte das Gefühl, die Seele des Schiffs zu spüren. Die Arbeit, das Stampfen und das Grollen aus dem Maschinenraum, die Kraft, und auch die Wut, die zwangsläufig entstehen musste, wenn der Kiel das kalte Wasser da draußen verdrängte. Vielleicht, dachte sie für einen Augenblick, war es doch gar nicht so verkehrt, hier zu sein.

Der Gang endete gleich neben dem Bordshop, und der Shop endete neben der Rezeption. An die Wand hinter der Rezeption war eine altmodische Seekarte gepinselt, mit der Route der MS Rjúkandi – von Hirtshals im norddänischen Jütland ging es entlang der norwegischen Küste, bei Stavanger ab auf die offene Nordsee, dann nordwestlich an den Shetlands vorbei, bis nach Torshavn, der Hauptstadt der Färöer. Von da über den Nordatlantik nach Seydisfjördur an der isländischen Ostküste. Für einen Moment verlor sich Iva in der Zeichnung, es schien irgendwie lebendig zu sein, sie hatte das Gefühl, dass es sich bewegte.

Sie schüttelte den Kopf.

»Ja, bitte?«

Vor der Seekarte standen eine Frau und ein Mann.

Die Haare der Frau waren auf eine überirdische Art blond, fast weiß und sie schimmerten, als hätte sie in Perlen gebadet. Ihre Bewegungen waren geschmeidig wie die einer Tänzerin. Der Mann war hochgewachsen und sah aus wie D'Artagnan. Frisur, Bart, Gesicht, alles sehr musketierlich. Die beiden waren sich offensichtlich zugetan, berührten sich permanent, wenn auch flüchtig.

Die vögeln doch, dachte Iva.

Sie fragte nach den Pillen.

»Oh ja«, sagte die Frau.

Sie gab ihr eine kleine, zylinderförmige Dose. Der Stoff war lächerlich günstig, umgerechnet fünf Euro.

»Nehmen Sie eine sofort, und dann alle sechs Stunden. Spätestens morgen früh wird es Ihnen besser gehen.«

D'Artagnan spielte mit dem Perlenhaar seiner Kollegin.

»Danke«, sagte Iva, »schönen Abend noch.«

»Ihnen auch«, sagte D'Artagnan und küsste die Frau, sie küsste ihn, in all ihrer soften Unwiderstehlichkeit, sehr offensiv zurück.

Iva schluckte die erste Pille mit einem Gin & Tonic. Malin saß aufrecht und mit angezündetem Blick in dem grauen Polstersessel. Der alte Wikinger hatte seine Jeansbeine übereinandergeschlagen und erzählte in skandinavischem Englisch und mit rauer Stimme von der tiefen, kalten See. Er sagte, er würde jeden Meter des Wassers da draußen kennen, er sei schon hunderte Male hier unterwegs gewesen, immer auf der gleichen Route, das alles sei sein zweites Zuhause. Malins Augen glänzten, ihr Haar lag hell und schwer um ihre Schultern, mit der linken Hand berührte sie die Wikingergitarre, die an dem kleinen, runden Tisch zwischen den beiden lehnte.

Wie die immer flirten kann, dachte Iva, nahm noch einen Schluck von ihrem Drink und wartete auf die Wirkung der Tablette. Der Wikinger nickte ihr in seinem Erzählschwall zu, als hätte er das Gefühl, sie einbinden zu müssen, wobei Iva dieses Gefühl überhaupt nicht hatte.

Sie starrte auf die Wellen, die langsam gewaltiger wurden. Das Schiff schaukelte, im Hintergrund plätscherte Barmusik.

Der Wikinger hob sein Bier, er wollte anstoßen, Malin war sofort dabei, auch sie hatte einen Gin & Tonic in der Hand, Iva sagte: »Macht ihr mal, ich setz kurz aus.«

»Wann geht ihr essen?«, fragte der Wikinger.

»Ab wann gibt's denn was?«, fragte Malin.

Der Wikinger schaute auf seine Uhr. »Das Restaurant macht in einer Stunde auf.«

Er sah Iva an.

»Bis dahin geht's dir besser. Und wir beide«, er strich mit der rechten Hand über seine Gitarre, meinte aber Malin, »halten die eine Stunde auch noch aus, oder?«

»Wird knapp«, sagte Malin und zog die Augenbrauen hoch.

»Kriegen wir aber hin«, sagte Iva. Ihr war immer noch schwindelig, aber es fühlte sich nicht mehr so bedrohlich an, sondern eigentlich ganz schön.

»Sehr gut«, sagte der Wikinger, »dann essen wir noch zusammen. Gegen acht muss ich anfangen zu spielen.«

»Spielen?«, fragte Iva.

Der Wikinger klopfte mit der linken Hand auf seine Gitarre.

»Ich bin hier der Schiffsmusiker, alle zwei Wochen.«

Iva wunderte sich, weil er das bisher nicht erwähnt hatte. Wenn sie ein verlebter Schiffsmusiker wäre und scharf auf eine einigermaßen junge Passagierin oder überhaupt auf irgendwen, hätte sie das aber sofort auf den Tisch gepackt.

Der Wikinger lächelte, hob sein großes Glas und trank es in einem schnellen Zug aus.

»Also«, sagte er, »wir sehen uns gleich beim Essen, ja?«

Er stand auf, nahm seine Gitarre und ging zu einer Art

Bühne, die am Heck-Ende der Bar aufgebaut war, ein paar Boxen, ein paar Kabel, ein bisschen Technik.

»Bin voll verknallt«, sagte Malin und zog eine gefährliche Menge Gin & Tonic durch ihren Strohhalm.

»Nicht zu übersehen«, sagte Iva, jetzt nahm sie auch einen Schluck.

Es machte sich Ruhe breit. Der Wikinger machte seine Musikersachen. Und Schluck für Schluck kamen sie auf der MS Rjúkandi an.

»Schon ein interessanter Typ«, sagte Iva, »gerade mit dem zerfressenen Gesicht und so. Hast du ihn gefragt, wie er heißt?«

»Ola«, sagte Malin.

»Schöner Name.« Iva nahm noch einen Schluck von ihrem Drink. »Schöne Frau auch.«

Malin reckte den Hals.

Ola hatte sich gerade seine Gitarre umgehängt, um sie zu stimmen, da war diese Frau neben ihm aufgetaucht. Sie war keine dreißig, sie trug eine Uniform, gehörte also wohl zur Crew, ihre Haare waren dunkel, hatten aber den gleichen Perlenschimmer wie die Haare der Frau eben an der Rezeption. Sie war groß, sie hatte ihre Hände auf seine Wangen gelegt, sie küsste seine Stirn, und die Gesichter der beiden schienen zu verschmelzen, weil sie sich so wahnsinnig ähnlich sahen, als wäre sie eine junge, weibliche Version von ihm, aber irgendwas an dem Bild hinkte, irgendwas stimmte da nicht ganz.

»Pffh.« Malin schaute zum Fenster raus. Die Wellen waren hoch, der Seegang nahm immer mehr zu. »Ich glaub, es hackt. Der muss sich schon entscheiden, mit wem er hier flirten will.«

»Die flirten nicht«, sagte Iva. »Die lieben sich.«

Malin sah sich das nochmal genauer an. Sie war sich offenbar nicht ganz sicher, aber dann sagte sie: »Stimmt. Als hätten sie ein gemeinsames Leben gehabt, vielleicht sind sie Vater und Tochter, was meinst du, ist sie seine Tochter, kann das sein?«

»Ja«, sagte Iva, »kann schon sein.«

Das Schiffsrestaurant erinnerte in seiner Schummrigkeit und mit der asiatischen Kirschblütendeko vor dunklen Holzwänden an einen Szene-Laden im London der späten Neunziger. Irgendwie ganz schick, aber irgendwie auch komplett daneben. Als wären die, die das Restaurant entworfen hatten, niemals im London der späten Neunziger gewesen. Iva und Malin saßen zusammen mit Ola an einem Ecktisch, nicht weit entfernt vom nächsten Fenster. Sie tranken weiter Gin & Tonic, der Musiker trank Bier vom Fass. Auf dem Tisch stand eine Platte mit Garnelen und Jakobsmuscheln, dazu gab es Zitronenmayonnaise, außerdem eine große Schüssel mit Miesmuscheln in Weißwein, dann noch übertrieben viel Brot und verschiedene, sehr bunte Salate.

Malin aß mit großer Selbstverständlichkeit. Sie war in einem Haus aufgewachsen, in dem es quasi jeden Dienstag Meeresfrüchte gegeben hatte. Ola lutschte zuerst noch ein bisschen auf den Jakobsmuscheln herum, aber eher lustlos, dann bestellte er sich einen schwedischen Honigschinken, achtundvierzig Stunden gegart oder so.

Iva machte luxuriöses Essen nervös. Sie hatte keine Angst, daran zu scheitern, sie kannte das Zeug auswendig, sie arbeitete ja in einem Restaurant, in dem es auf den Tellern vor Luxus nur so wimmelte, aber genau das war der Punkt. Eine Pizza, ein Chickencurry oder ein Käsebrot konnte sie mit Liebe essen. Teures Zeug konnte sie nur mit Wut servieren. Mit eiskaltem Sozialneid. Mit dem Gefühl, dass die meisten der Leute, die sie bediente, es gar nicht verdient hatten, so reich zu sein. Weil niemand es verdient hatte, so reich zu sein. Sie schnitt einer Garnele den Kopf ab und schob zwei Muscheln auf ihrem Teller hin und her, sie trank von ihrem Gin & Tonic und gab sich ansonsten einfach Mühe, den anderen beiden nicht den Abend zu versauen.

Ola strahlte. Er schien das Dinner mit seinen neuen Freundinnen zu genießen, hatte die Ärmel seines Holzfällerhemds hochgekrempelt und erzählte mit großen Gesten von seinem Leben in Oslo: Er wohnte am Stadtrand, in einer Art Gartenhütte hinter dem Haus einer reichen Dame über neunzig. Weil er sich um den Garten und das Haus kümmerte, zahlte er keine Miete. Seit dreißig Jahren machten sie das so, er und die Dame.

Iva war seltsam gerührt von diesem Arrangement, fast wünschte sie sich, entweder die Dame zu sein und einen Schiffsmusiker als Gärtner und Hausmeister zu haben, oder aber ein Schiffsmusiker-Gärtner-Hausmeister zu sein, der eine alte Dame hatte.

Malin pulte mir ihrer Gabel eine Muschel aus der Schale und tunkte sie in den Weißweinsud. Sie sah Ola von der Seite an.

»Wo ist denn deine hübsche Freundin aus der Bar?«

»Das war nicht meine Freundin«, sagte er und nahm einen Teller mit frisch aufgeschnittenem rosa Fleisch und Bratkartoffeln entgegen.

»War sie deine Tochter?«, fragte Malin.

»Nein«, sagte Ola. »Meine Tochter lebt in Kopenhagen. Ihre Mutter hat mich verlassen. Ich vermisse sie.«

»Die Mutter oder die Tochter?«, fragte Iva.

»Beide«, sagte Ola. Das Strahlen war aus seinem Gesicht verschwunden. Als hätte jemand eine Kerze ausgepustet.

Iva schob ihren Teller ein Stückchen weg. Wie viel Bock sie auf diesen perversen Wikingerschinken hatte. Dabei aß sie üblicherweise weder Schinken noch Wikinger.

Ola schnitt ein Stück Fleisch ab, steckte es sich in den Mund und kaute. Iva schluckte.

»Hast du wieder jemanden gefunden?«

Ola schüttelte den Kopf.

»Na ja«, sagte Malin.

»Na ja«, sagte Ola, mit vollem Mund.

Und dann waren sie plötzlich da: ein paar Dutzend Leute, die meisten von ihnen trugen Uniform.

»Ui«, sagte Malin.

Sie legte ihre Gabel beiseite, streckte sich und griff nach einer ihrer Haarsträhnen.

»Ist das die Crew?«

Die Frau aus der Bar war auch dabei, sie zwinkerte Ola zu, dieses spezielle Licht in seinem Gesicht fing sofort wieder an zu leuchten. Das Pärchen von der Rezeption kam Hand in Hand, aber die perlenblonde Frau hatte neben diesem D'Artagnan-Typen noch einen zweiten Mann ganz nah bei sich, er war dunkelblond und zierlich, hatte für seine Körpergröße aber erstaunlich breite Schultern, und überall Wahnsinnssommersprossen. Ganz zarte Punkte im Gesicht, auf den Händen waren sie größer und gingen ineinander über. Iva hätte sich eigentlich gern länger mit ihm beschäftigt, er war mit seinen Sommersprossen eine kleine Irritation in diesem Feld perfekter Leute, aber Malin dabei zu beobachten, wie sie auf die Seefrauen und Seemänner reagierte, war dann doch noch besser – sie war in eine Art Verzückung gefallen. Die Haarsträhne, die sie eben noch gezwirbelt hatte, befand sich inzwischen in ihrem Mund, sie biss hingebungsvoll darauf herum. Draußen vor den Fenstern hatten die Wellen in der letzten halben Stunde nochmal einen draufgelegt, sie waren jetzt bei den angekündigten sechs Metern, Malin saß also auf der mit braunem Leder bezogenen Bank, konnte ihren Blick nicht von der Crew abwenden, aß ihre Haare auf und kippte gemeinsam mit dem Tisch in einer weichen Bewegung hin und her. Es sah aus, als würde sie zu einer Musik schaukeln, die aber nur sie allein hören konnte.

Vielleicht tanzte sie in ihrem Kopf.

»Iva«, sagte sie, »schau dir diese *Leute* an. Wie kann man so viel Glanz in einen einzigen Raum ballern? Das muss am Essen liegen.«

Sie steckte sich eine Garnele in den Mund, es krachte ein bisschen, sie hatte vergessen, sie zu schälen.

Iva drehte den Kopf Richtung Crew, bemühte sich jedoch, den Hals nicht zu sehr zu verrenken. Es war ihr schon als Kind peinlich gewesen, wenn jemand merkte, dass sie kuckte. Aus dem Augenwinkel sah sie, wie die uniformierten Schiffsmenschen im hinteren Teil des Restaurants Platz nahmen, an drei langen, elegant gedeckten Tischen, die offenbar für sie reserviert gewesen waren. In der ganzen Aktion war irre viel Bewegung, diese Crew wirkte so viel geschmeidiger als alle Menschen, die Iva jemals gesehen hatte, und die Haare der Frauen schienen ein Eigenleben zu haben, sie wippten bei jeder Bewegung noch zweimal nach. Iva hätte schwören können, dass sie alle den gleichen Conditioner benutzten. Ihre eigenen Haare hatten noch nie geglänzt, und es war ihr auch immer egal gewesen, aber jetzt dachte sie, dass sie morgen vielleicht doch mal in den Bordshop gehen sollte, um das Produktsortiment zu checken. Und auch die Abteilung fürs Gesicht. Was hatten die bitte für eine *Haut*, meine Güte, als wären da Leuchtstrahler eingebaut.

Na ja, sie waren tatsächlich alle sehr jung, keine und keiner älter als dreißig.

Die Uniformen waren schlicht. Die Frauen trugen dunkelblaue Bleifstiftröcke, die Männer Hosen in der gleichen Farbe, manche trugen es allerdings genau andersherum. Dazu trugen sie weiße Hemden. Einige hatten irgendwelche Abzeichen auf den Schulterklappen, aber es schien mehr ein Schmuck zu sein, als dass es eine Bedeutung gehabt hätte.

Sie redeten leise und liebevoll miteinander, ihre Körper wirkten, als würden sie sich beim Reden in den anderen auflösen. An der Stirnseite des linken Tischs war noch ein Platz frei.

»Ah«, sagte Malin. Sie sah wieder zur Tür und nahm ihre Haare aus dem Mund. »Das ist dann wohl der Kapitän.«

Der Kapitän war nicht auffällig groß, aber auf eine selbstverständliche Art groß genug. Ein Typ, den man sofort wahrnahm, wenn er in einem Raum auftauchte, oder am anderen Ende der Straße. Seine Haare waren dunkel, weiche Locken, die leicht zu bändigen schienen, weder lang noch kurz, einfach Haare, er trug sie aufwandslos nach hinten gestrichen. Sein Gesicht war eher fein geschnitten, sein Kinn nicht besonders ausgeprägt, aber seine Lippen waren voll, er sah europäisch aus und dann auch wieder nicht, seine Wangen trugen Bartschatten, sein Blick war stabil, doch vom Leben verdroschen, voller kleiner und großer Kriegsverletzungen. Iva wunderte sich, dass er nicht wenigstens ein Bein nachzog. Und sie ahnte, dass er die Art von Mann war, vor dem sie sich besser in Acht nahm, aber was sollte schon schiefgehen, in einer Woche auf einem Schiff.

Er sah ihr in die Augen, als er an ihr vorüberging.

Sie versuchte nicht mal wegzusehen, sie schaute frontal zurück, in ihrem Kopf knallte es.

Malin sah ihre Freundin an und zog die Augenbrauen hoch.

»Was«, sagte Iva.

»Nichts, wieso.«

Sie waren müde vom Meer und vom Essen, vom Seegang da draußen, von den Wellen in ihren Köpfen, von den neuen Gesichtern und Stimmen, und Iva hatte Schlagseite im Gehirn, wegen der Tabletten, die inzwischen ihre volle Kraft und – sie musste es zugeben – auch eine gewisse Schönheit entfaltet hatten. Vielleicht war das der Grund, warum sie unbedingt nochmal in die Bar wollte, bevor sie zu Bett gingen: Sie fühlte nur, sie dachte kaum, und sie wollte einfach weiter fühlen und noch ein bisschen mehr.

Ola hatte ihr beim Essen erklärt, wie die Tabletten gebaut waren: hochdosierte Tranquilizer, die den disfunktionalen Gleichgewichtssinn zu Boden pressten, und damit der Körper dann nicht nur im Bett lag, war ordentlich Koffein zugesetzt. Im Grunde ein primitives Antidepressivum. Das Zeug sollte ausschließlich an Bord der MS Rjúkandi erhältlich sein.

Iva fand das alles sehr schlüssig.

Also saß sie am Tresen, Malin saß neben ihr, und in die Aufregung des Nachmittags hatte sich eine Traurigkeit gemischt. Malin war offenbar wieder eingefallen, dass sie nicht auf einer Spaßtour waren, sondern dass Tarik vermisst wurde, und zwar von ihr.

Ola stand mit seiner Gitarre in der Mitte der kleinen Bühne am Heck und warf einen traurigen Leonard-Cohen-Song nach dem nächsten in den Raum, tief und brüchig und angeschossen. Malin hatte ihren Kopf an Ivas Schulter abgelegt und nuckelte an einem Rum-Cocktail, Iva hatte ein Bier vor sich und beobachtete die Barfrau, so von Servicepersonal zu Servicepersonal.

Sie war sich nicht sicher, das ist man ja nie in solchen Fällen, doch sie hatte das Gefühl, dass die Barfrau ihr ähnlich sah. Sie waren ungefähr gleich groß und gleich dunkel, Iva kamen sogar die kräftigen Hände mit den langen Fingern und die schwarzen Augen der anderen vor, als wären es ihre. Die Frau, die hier gerade über den Alkohol herrschte, sah lediglich gut zehn Jahre jünger aus als Iva, aber die offensichtliche Jugend spiegelte sich nicht in ihrem Verhalten. Sie jonglierte nonchalant mit Gläsern, Eiswürfeln, Zapfhähnen und Flaschen, jeder, einfach jeder verdammte Handgriff saß, als würde sie den Job schon seit einer halben Ewigkeit machen. Und sie strahlte diese typische freundliche Arroganz aus, die nur extrem erfahrenes Barpersonal draufhatte.

Iva nahm noch einen Schluck von ihrem Bier und wollte sie gerade ansprechen, als Ola zwischen zwei Songs verkündete, dass jetzt alle kurz an Deck gehen sollten, um die Lichter der norwegischen Küste zu würdigen.

»Boah nee, ey«, sagte Malin und ließ ihren Kopf an Ivas Schulter schwerer werden. Iva streckte sich ein bisschen auf ihrem Hocker.

»Ich könnte eh mal eine rauchen.«

Sie zog ihre Freundin hoch, hakte sie unter und brachte sie weg vom Tresen und rauf an Deck, wo sie versuchten, die Lichter des Festlands zu entziffern, was ihnen aber nicht gelang, also rauchten sie halt einfach so, während Ola sich in der Bar weiter hingebungsvoll der Cohen'schen Seelenqual widmete.

Zurück an der Theke spürte Iva sofort, dass sich etwas verändert hatte, während sie draußen gewesen waren. Es roch nicht mehr nach neuen Holztischen und relativ frisch verlegtem Teppichboden, es roch jetzt nach Maschinenöl, alten Planken und Salzwasser. Und Ola hatte sich auf Chansons verlegt, er sang diesen Ozean-Smash-Hit, *La Mer,* er klang noch inbrünstiger als zuvor, irgendwie on fire, und seine Gitarre hörte sich fast an wie ein Klavier. Die Frau, die nicht seine Tochter war, saß auf der Bank links hinter der Bühne, neben ihr saßen ein paar andere Crewmitglieder. Nicht viele, ein knappes Dutzend vielleicht. Der Kapitän stand in der hintersten Ecke und beobachtete die Szenerie, in seinem Glas war irgendwas Dunkles, Iva tippte auf Rum.

Himmelherrgott, was machte der mit ihrem Bauch.

Sie setzte sich an den Tresen und drehte ihm den Rücken zu. Malin hatte sie auf dem Weg zurück an deren Bett verloren.

Die Barfrau hingegen war noch da.

Aber auch sie hatte sich verändert. Auf den ersten Blick war alles wie vor einer halben Stunde, nur: die Augen. So ein Grün hatte Iva noch nie gesehen.

»Kann ich noch ein ...«

Sie musste gar nicht zu Ende sprechen, da drehte die Barfrau sich auch schon zum Kühlschrank um.

»... Bier haben, bitte.«

Vor ihr stand eine eiskalte Flasche Färöer Bier. Und das Grün in den Barkeeperinnenaugen war verschwunden.

»Was«, sagte Iva, aber mehr zu sich selbst.

Die Barfrau zwinkerte ihr zu, dann verließ sie den Tresen und ging zur Musik. Nein, anders. Sie ging an der Musik vorbei und blieb vor dem Kapitän stehen, der sofort zu wissen schien, was er zu tun hatte. Er nickte, bot ihr seinen rechten Arm, und schon tanzten sie. Die Musik dazu kam von Ola, aber gleichzeitig auch von überall her, *Les Feuilles Mortes,* in einer Version von Juliette Gréco. Iva hatte keinen Schimmer, wie der Wikinger das zustande brachte, aber es war, wie es war. Der Kapitän und die Frau in seinen Armen bewegten sich kaum, und dennoch. Ihre Haare hatten einen hellen, rötlichen Schimmer angenommen, ihr bis eben noch schlichtes, dunkelblaues Kleid glitzerte in Schattierungen von Türkis und Orange, sie hatte den Kopf auf der Brust ihres Tanzpartners abgelegt, der wirkte, als wäre er gar nicht da, und wer immer sie war, die Barfrau war sie nicht.

Iva hätte schwören können, dass sie aus dem Augenwinkel gerade in irgendeiner Ecke Tarik durchs Bild hatte huschen sehen.

Dann war ihr der Gedanke auch schon wieder entglitten.

Rauschen im Kopf

Das Bett war schmal, aber es war keins dieser vereinsamten Einzelbetten, wie sie in manchen Hotelzimmern stehen, denn es war eine Koje, eine echte Koje, nicht nur so ein Wort, ab in die Koje, Baby, nein, Iva lag auf der für ihren Geschmack viel zu weichen Matratze, und sie liebte es. Hängematte.

Das zärtliche Schaukeln, das leise Dröhnen, das Rauschen der Wellen und Pillen in ihrem Kopf, alles, was sie umgab, die Dunkelheit des Ozeans draußen, nur ganz schwach erhellt von irgendeiner Schiffslampe, die einen kleinen Schimmer bis in ihre Kabine warf.

Sie schlief ein, und ganz links hinten in ihrem Gehirn hörte sie die Stimmen im Wasser.

Ein Ozean, eine Küste, Klippen, ein breiter Sandstrand. Draußen auf dem Meer eine grüne, grasbewachsene Insel, und eine Insel mit Palmen und Urwald. Außerdem noch Festland mit Quellen und Seen und Tümpeln und Flüssen, und dann ist da der Himmel, und überall auf dieser großen Weltbühne, kreuz und quer verteilt, und doch gemeinsam: sie.

wir sind Nereiden
die Nymphen des Mittelmeers
wir reiten auf Delfinen

wir sind Najaden
die Töchter des Zeus
komm uns nicht dumm

wir sind Rusalken
unruhig und untot
wir finden dich schön
aber deine Brüder haben uns getötet
du musst leider sterben

ich bin Mami Wata
ich schenk dir dein Leben
und kann gut mit Schlangen
ich bin Namaka
ich trage ein Kleid aus Wasser

wir sind Sedna, Ran und Kópakonan
wir vergeben Fischfangquoten

und entfachen Sturm bei Verrat
wir herrschen über die Dunkelheit
und ziehen die Sicherheitsnetze für die Toten
wir haben Sex mit Robben
und verfluchen das Dorf am Ufer

ich bin Ahurani
mein Wasser glitzert sternengleich

ich bin Tsovinar
ich lasse es regnen

ich bin Anahita
meinen Wagen ziehen die Wolken
und der Wind
und der Schnee

ich bin Tiamat
ich blute ins Meer
einfach weil ich es kann
hab keine Angst

ich bin Ak Ana
die weiße Mutter
die Initialzündung für alles

ich bin Eurybia
die Gewaltige
mein Herz ist aus Stahl

ich bin Lí Ban
ich überlebte die Flut
in einer Unterwasserkammer der Great Lakes

ich bin Acionna
deine Quelle
und deine Luxusjacht

komm
Nehalennia
wir verschwinden im Nebel

ich bin Vellamo
ich trage ein Kleid aus Schaum
und im Morgendunst
bringe ich die magischen Kühe
an die Oberfläche des Wassers
damit sie Algen grasen können
in meinen Wellen

wir sind Keto, Skylla und Thalassa
sprich
uns
einfach
nicht
an
bitte

ich bin Nyai Roro Kidul
ich bin die Königin der Südsee
ich kann mir jede Seele nehmen

meine Krone ist golden
mein Kleid ist grün

ich bin Ganga
ich reite auf einem Drachen
oder ist es ein Krokodil
aber ich bin auch deine Mutter
ich bin für dich da
ich bringe dir Glück
und Melodien
meine Arme sind voll davon
alle vier

ich bin Magwayen
ich bin die Klügste hier
ich begleite deine Seele ins Totenreich

ich bin Mazu
ich beschütze die Häfen

ich bin Undine
ihr habt alles komplett falsch verstanden
denn Treue
interessiert mich überhaupt nicht

und ich war einst Ino
das ist lange her
es war eine andere Zeit
wenn es denn eine Zeit gibt
ich hab es vergessen
denn in der Zeit starb mein Kind

ich sprang mit dem Kind im Arm von der Klippe
jetzt bin ich Leukothea
aber insgesamt bin ich mir da nicht ganz sicher
ich bin wie die Schiffe
die wir hin und wieder
auf unseren Fingerspitzen halten:
es kann jederzeit kippen.

16. November 2014

Die Nordsee vor den Bugfenstern ist fast schwarz, ich mache einen letzten Rundgang und lande am Ende wie immer auf der Brücke und denke an diese Frau, die ich im Restaurant gesehen habe, und auch in der Bar.
Sie ist nur eine Passagierin.

Dann ist wieder die eine bei mir. Seit über siebzig Jahren will ich sie nach ihrem Namen fragen, aber die Frage geht mir nicht über die Lippen. Vielleicht ist es verboten, man weiß ja bei denen nie so genau, also bleibt sie in meinem Kopf, was sie von Anfang an war:
die eine
die Besondere
halb Frau, halb Lachs

Klick

Während Malin es sich mit Ola in einem der leicht rostigen, heißen Meerwasserpools auf dem Zwischendeck gemütlich machte, Nachwirkung von gestern Abend, saß Iva an Deck auf einer weiß lackierten, stählernen Bank und versuchte, nicht ununterbrochen in die Mittagssonne zu schauen, wegen der Augen. Aber meistens konnte sie nicht an sich halten und ließ das Licht tief rein ins zentrale Nervensystem, und dort mischte es sich mit den Pillen in ihren Bahnen, als hätte sie Delfine im Blut. Das Schiff pflügte durch die sachten Wellen, sie ließ die Hände in den glatten, überraschend weichen Stahl sinken, sie fing an zu suchen und fand was auch immer, sie fasste alles an bis zu den Zwischendecks, dann die Unterdecks, dann noch weiter runter, sie berührte den Maschinenraum, die Pumpen, die Öfen, die Rohre, Druckmessgeräte, Ventile, Hitze, sie war nicht mehr nur auf dem Schiff, sie war im Schiff und eins mit dem Schiff und das Schiff wurde eins mit ihr, der weiß strahlende, schwankende Koloss, sie konnten sich gegenseitig spüren, sie surften gemeinsam im zu hellen Licht übers Meer, sie atmeten im Takt, Menschenbauch an Schiffsbauch gepresst, der Stahl verflüssigte sich mit jedem Herzschlag mehr und mehr und floss durch sie hindurch, und alles nur wegen ein bisschen Nordatlantiksonne, dachte sie, mitten im November. Und so stand sie auf, um sich in der Bar eins dieser Zimtstückchen zu holen, die sie am Morgen nach dem Frühstück auf dem Tresen gesehen hatte.

Sie fand sich selbst und den Moment außerordentlich vertrauenerweckend, obwohl sie keine Ahnung hatte, was los war.

Zurück an Deck zog sie die Daunenjacke enger um ihren Körper, weil die Sonne langsam durchsichtig zu werden schien, die Wasseroberfläche war jetzt fast glatt, ein riesiger Spiegel auf dem Rücken der Welt, doch die Rjúkandi schaukelte mit unverminderter, träger Heftigkeit.

Es musste irgendeinen Aufruhr in der Tiefe geben.

Hinter der fast zu zarten, messingfarbenen Reling lagen nur das Meer und der Himmel, an dem diese schwach leuchtende Kugel hing, und da lagen auch der ganze Tag auf See und die Färöer, an denen sie eigentlich erst morgen hätten anlegen sollen, aber die Rjúkandi war schon daran vorbeigezogen, warum nur, ach, warum auch nicht.

Als es dämmerte, fiel eine rosa Sonne ins Wasser, Iva fragte sich, ja was eigentlich, irgendwas hatte sie vergessen, irgendwas war doch wichtig gewesen, und der Weg zu ihrer Kabine war von Möwenrufen erfüllt

obwohl in Wirklichkeit

kein einziges

5. August 1938

Sie tauchen unvermittelt aus der Dunkelheit auf, vielleicht kommen sie auch aus den Schiffswänden, sie stehen vor mir und schauen mich an. Es sind so viele, dass mir der Versuch, sie zu zählen, sinnlos erscheint, und weil sie alle in dieses spezielle Licht getaucht sind, verschwimmt sowieso eine mit der anderen, also mache ich mir gar nicht erst die Mühe, wozu auch, sie wirken ja nicht wirklich bedrohlich.

Sie tragen Schmuck aus Perlen oder Muscheln, sie tragen Kleider aus schimmernden Stoffen oder gleich aus Schaum und Wellen und Regen, manche haben Wassertiere an der Hand oder unterm Arm oder als Teil ihres Körpers, manche sind nackt, manche einfach in ihre bodenlangen Haare gewickelt. Sie sind groß, klein, schlank, üppig, jung, alt, wach, müde, zart, zornig, stark, schwach, da sind alle Formen und Farben, Gesichter und Gefühle. Jede ist auf ihre eigene Art die Schönste von allen.
Und so stehen sie da an den Fenstern zwischen dem Ozean, den Navigationsinstrumenten und mir, und sie sehen aus, als würden sie etwas wollen. Ich ahne, worum es geht, sie haben es ja in jener Nacht angekündigt: um mich.

Gut, denke ich, dann wollen wir mal, ich fühle mich sicher hier auf der Brücke, ich krieg das schon hin, egal, was es ist, und ich breite meine Arme aus, okay, kommt her.

Seit über zehn Jahren hatte ich keine Frau mehr bei mir, ich weiß gar nicht, ob ich es noch kann, aber ich verlasse mich auf mein Körpergedächtnis, so wie ich es im Sturm immer tue, meine Hände wissen im Zweifel schon, was ihre Aufgabe ist.

Sie überwältigen mich, und Stunden später, als wir miteinander fertig sind oder, ehrlicherweise, als sie mit mir fertig sind, rauche ich eine Zigarette an Deck und schaue aufs Wasser, am Himmel steht der Vollmond. Wenn es das ist, was sie von mir wollen, kann ich damit leben, auch für alle Ewigkeit.

An Deck, auf dem langgezogenen, dunkelblauen Schornstein, mitten im dichten, weißen Rauch, im Dampf, Richtung Sterne, zwischen den Wolken: sie.

(manche rauchen)

nicht schlecht
Kapitän
NICHT SCHLECHT

das ist das Schöne an den MENSCHEN
wenn du sie am HERZEN erwischst
werfen sie sich mit ALLEM
was sie SIND
mit ALLEM
was sie WOLLEN
in den einen MOMENT

aber er war auch ein bisschen aufgeregt
oder

ja
richtig NIEDLICH

Lichterloh

Dicke, fette Sterne. Iva stand an Deck und rauchte, ihr Blick klebte am Himmel. Zu Hause gab es solche Sterne nicht, zu Hause war immer die Stadt im Weg, zu Hause war es inzwischen schon kurz nach zehn, und sie hatte vergessen, sich nochmal bei Lilo zu melden. Ihr wenigstens kurz zu schreiben.

Sie hatte es so fest vorgehabt, aber dann.

Für einen Augenblick war da ein Anflug von Panik, ein Zwicken im Kopf, wie eine Warnung – wie konnte sie vergessen, ihre Tochter anzurufen, wie konnte sie nur –, aber die Pillen ließen das Zwicken dann doch schnell wieder verschwinden. Es mussten die Pillen sein. Als würden sie nicht nur Ivas Seekrankheit verschlucken, sondern auch jegliche Sorgen. Sie schickte ihrer Tochter noch einen Kuss und ein Herz und ein *schlaf schön,* auch wenn sie wusste, dass es längst zu spät war, dass Lilo längst schlief. Unter ihren Füßen vibrierte der Boden, und ihr war kalt. Der Wind blies den weißen Dampf aus dem großen, blauen Schornstein flach, er lag wie eine Decke aus Watte über der Mitte des Schiffs.

»Guten Abend.«

Iva drehte sich um.

Oh.

Er war dann doch gut zwei Köpfe größer als sie, er trug einen weißen, grob gestrickten Rollkragenpullover und eine Marinejacke. Seine dunklen Haare hatten sich aus dem Strich nach hinten gelöst, sie wurden um sein Gesicht gepustet, er versuchte kurz, das Problem in den Griff zu kriegen, ließ es dann aber bleiben.

»Hallo. Guten Abend.«

»Hätten Sie eine Zigarette für mich? Ich hab meine auf der Brücke liegen gelassen.«

Iva holte die Schachtel aus der linken Tasche ihrer Daunenjacke und hielt sie ihm hin.

»Hier, bitte.«

Er nahm sich eine Zigarette, sie gab ihm Feuer, er rauchte. Das Licht der Glut erhellte sein Profil. Sie hätte es gern fotografiert, vielleicht um es festzuhalten, vielleicht aber auch nur, um irgendwas zu tun, weil sie nicht so richtig wusste, wohin mit dem Alarm, der in ihrem Herzen anschwoll.

Ihm hingegen schien es zu reichen, aufs Wasser zu schauen.

Sie zündete sich auch eine Zigarette an und versuchte, seine Gegenwart zu sortieren. Er schien Menschen auf eine andere Art zu begegnen, als es sonst üblich war. Weniger hart, weniger schnell, weniger fordernd. Irgendwie altmodisch. Sie nahm wahr, dass er sich streckte.

Zu lange auf der Brücke gesessen. So ein Strecken war das.

»Gefällt Ihnen die Reise?«

Wie ärgerlich, sie hatte das Schweigen kaputt gemacht. Es war ein schönes Schweigen gewesen. Sie schaute aufs Wasser und hoffte fast, dass er ihre Frage nicht gehört hatte. Er sah sie von der Seite an, sein Blick brach ihr die Rippen.

»Das müsste ich eigentlich Sie fragen.«

Die altmodische Ruhe zwischen ihnen blieb stabil, sie zerbrach nicht wegen der paar Sätze, sie hielt die Sprache aus.

»Sie müssen gar nichts«, sagte sie.

Er lächelte und sagte: »Ist schon okay, ich hab nichts dagegen, mich mit Ihnen zu unterhalten.«

Ich auch nicht, dachte Iva und sagte: »Wer fährt das Schiff? Also, während Sie hier rauchen?«

»Meine erste Offizierin. Wir teilen uns die Schichten, meistens fährt sie am Tag, und ich fahre nachts.«

Iva zog die Augenbrauen hoch.

»Ist nicht längst Nacht?«

»Heute hat sie mal Dienst«, sagte er. »Morgen Nacht übernehme ich dann wieder.«

»Wie können Sie da schlafen«, sagte Iva.

Er machte einen Schritt Richtung Reling und drehte sich zu ihr um. Bitte nicht so direkt anschauen, dachte sie, bitte nicht.

»Alkohol«, sagte er. »Und Erinnerungen.«

Erinnerungen.

Sein Blick explodierte in Ivas Bauch und startete einen schnellen Ritt durch die knapp vier Jahrzehnte ihres Lebens. Ihre Kindheit ohne Vater. Ihre Jugend in den Straßen, in den Ecken, in den Häusern anderer. Ihre immerzu arbeitende Mutter, mit ihrem Heimweh nach Neuseeland, nach dem Land ihrer Großmütter, dieser Frauen, die Iva nur von Fotografien auf der Fensterbank kannte. Dann ihre Zwanziger. Drinks, Männer, Farben, ein einziger Flow, in hohem Tempo. Ihre Dreißiger. Die Schwangerschaft, die Kämpfe, die Betten, alles so anstrengend, und immer so furchtbar laut. Inzwischen hatte sie an ein paar ihrer Fronten Frieden geschlossen, vielleicht redete sie sich das aber auch schön und hatte irgendwann halt aufgegeben, weil manches einfach nicht mehr auszuhalten war.

Doch diesem Kapitänsblick, der immer noch auf ihr ruhte und der ein ziemlicher Hammer war, dem hielt sie stand. Aber um zumindest einen Teil der Spannung loszuwerden, fasste sie den Schmerz in seinem Blick, von dem sie nicht mal in der Lage war, zu ahnen, woher er kam, zusammen:

»Sie sind nicht viel älter als ich, und Sie sind ein verdammter Kapitän.«

»Da treffen Sie zwei wunde Punkte in einem Satz«, sagte er und zog noch ein letztes Mal an seiner Zigarette. »Interessant.«

Auch Iva hielt nur noch den Filter in der Hand. Er nahm ihn ihr ab und entsorgte beide Kippen in einem Mülleimer neben der Stahltür.

Sie hatte kurz gehofft, dass seine Hand dabei ihre berühren würde, und sie hatte darüber nachgedacht, ihn einfach anzufassen, als seine Fingerkuppen auf ihre zuwanderten.

Sie atmete ein und wieder aus.

Er versuchte doch nochmal, sich die Haare nach hinten zu streichen, der Wind hielt dagegen.

»Die Luft ist so salzig heute.«

Sie nickte.

»Richard«, sagte er und streckte ihr die rechte Hand entgegen.

»Iva«, sagte sie und legte ihre linke Hand in seine.

Und da ließ er sie eben einfach nicht mehr los und öffnete mit der anderen Hand die Tür, und gemeinsam gingen sie die Treppe bis zur Bar runter, die Ola mit Sinatrasongs füllte, aber mit den guten Sachen, Malin hatte sich am Tresen unter die Crew gemischt und bewegte sich zwischen diesen merkwürdig schönen Leuten, als würde sie dazugehören. Die Fenster schimmerten.

Ivas Fingerspitzen brannten lichterloh.

17. November 2014

Reiß dich zusammen, Richard William Jones, reiß dich verdammt nochmal zusammen, und
fass
sie
nicht
an

Es wird jetzt gleich ein bisschen weh tun

Die Nacht war wie ein Film an ihr vorübergezogen, alles hatte sich unwirklich angefühlt, es war zu schön gewesen, zu wild, zu sorgenfrei, und doch hatte sie mittendrin gesteckt. Mit Richard an der Bar gelehnt und einen Gin & Tonic nach dem nächsten getrunken, komplett gedankenlos. Malin beim Tanzen zugesehen, mit irgendeinem Typen aus der Crew. Olas brüchiger Stimme zugehört, ganze Welten voller verlorengegangener Herzen.

Die Mauern, mit denen Iva sich beschützte, waren immer durchlässiger geworden, hatten sich mehr und mehr aufgelöst, während Richard näher und näher an sie rangerückt war. An der Seite von Männern kannte sie das Gefühl von Sicherheit üblicherweise nicht, sie war automatisch immer die, die aufpasste, die sich kümmerte, die die Dinge in die Hand nahm. Die Verantwortungsmaschine. Es war ein Erfahrungsding, denn nur die wenigsten Männer waren in der Lage, diese Funktion zu übernehmen. Sie fand das nicht schlimm. So war es eben. Und keiner hatte bisher besondere Anstrengungen unternommen, um ihr das Gegenteil zu beweisen.

Aber der hier fühlte sich anders an. Der stand neben ihr, als wäre er aus dem gleichen Stahl gebaut wie sein Schiff. Und die paar Sätze, die er gesagt hatte im Laufe der Nacht, hatten ihr Gefühl noch verfestigt, weil nichts davon überflüssig gewesen war.

Als sie sich gegen fünf Uhr morgens auf dem Gang vor ihrer Kabine voneinander verabschiedet hatten, hatte er sie für einen Augenblick an der Schulter berührt,

und

dann

und

dann

und

jetzt saß sie mit Malin auf einer Bank an Deck und spulte den nächtlichen Film in einer Tour vor und zurück. Der Himmel war hell, voller weißer Wolken, der Nordatlantik lag still in seinem riesigen Bett, das Schiff glitt ohne Aufwand durchs Wasser. Bald spiegelten sich auf der Oberfläche die ersten Ausläufer Islands, schneebedeckte, fast gletscherhafte Hügel in gefrorenen Farben.

»Wie lange noch«, sagte Iva.

Malin sah auf die Uhr.

»Gute Stunde, dann legen wir in Seydisfjördur an.«

»Seydisfjördur«, sagte Iva. »Was für ein schönes Wort.«

Als die MS Rjúkandi im Hafen einlief, standen sie bereits an der Reling, dann verließen sie das Schiff über die Gangway, schlenderten durch die winzige Stadt mit den niedrigen, in Pastellfarben angemalten Häusern, streiften durch den Supermarkt und kauften Lakritz, aßen in einem kleinen Café zu Mittag, mit Blick auf den Hafen, blieben in einer aus der Welt gefallenen Galerie hängen und schauten sich eine Ausstellung an, *Auch wenn es jetzt gleich ein bisschen weh tun wird*, und es war gut, das alles nur zu zweit zu tun, ohne andere Stimmen im Hintergrund.

Als Iva und Malin wieder rauskamen, hatte es angefangen zu schneien.

»Oh«, sagte Malin.

Sie hielt ihr Gesicht in den fallenden Schnee.

Der Abend war nahezu besinnlich. Nach dem stillen Frost des Tages war das Restaurant von einem warmen Schimmer erfüllt, und sie unterhielten sich mit Ola über Musik. Mit jedem Glas Wein tauchten sie tiefer ein in die Momente, die manche Texte, manche Melodien, manche Brüche aus der Vergangenheit holen konnten. Sie schnitten ihre Biografien in Scheiben. Die Crew und Richard waren nirgends zu sehen.

»Wo sind die denn heute alle«, sagte Malin zwischen zwei Gabeln Muschelrisotto, Iva war froh, dass ihre Freundin die Frage übernahm.

»Manchmal«, sagte Ola, »bleiben sie unter sich. In der Offiziersmesse.«

Offiziersmesse, dachte Iva und wollte da sofort hin.

Später in ihrer Kabine saß sie auf dem Bett und stellte sich Richard vor, wie er jetzt auf der Brücke seine Kapitänssachen machte und doch eigentlich gar nichts zu tun hatte, weil das Schiff ja erst morgen Abend wieder ablegen würde. Wie er da vielleicht einfach nur stand, vorne am Bug hinter den Fenstern, und sich langweilte.

Sie zog ihre Stiefel wieder an, nahm ihre Jacke vom Haken und ging an Deck, eine rauchen.

Aber er tauchte nicht auf.

18. November 2014, abends

Ruhige See im Hafen von Seydisfjördur.
Keine besonderen Vorkommnisse.

Wie viel

Das Straßenpflaster war in Regenbogenfarben angemalt, sie leuchteten zart durch die dünne Schneedecke. Quer über die Straße waren zwischen den Häusern Lichterketten gespannt, der Himmel strahlte in dunklem Blau, fast Indigo. Iva hatte das Schiff nur für einen kurzen Spaziergang verlassen wollen, aber dann war doch ein halber Tag daraus geworden.

Irgendwie hatte sie gehofft, Richard hier draußen zu treffen, außerhalb dieses ganzen Kapitänskontexts.

Er musste doch auch mal spazieren gehen.

Er konnte doch nicht immer auf diesem Schiff bleiben.

Und da war der Kahn auch schon wieder, lag voller glühender Lichter am Fjord. Iva versuchte, Abstand zu halten, aber sie spürte ein Ziehen in ihrer Brust. Sie zündete sich eine Zigarette an und zog mit dem Rauch die kalte Luft in ihre Lungen, es tat ein bisschen weh.

Ganz vorne an Deck, an der Bugspitze, dort, wo die Passagiere nicht hindurften, stand Richard und rauchte. Sie lief auf das Schiff zu, als wäre es ein Magnet, wobei sie aber nicht hätte sagen können, ob es wirklich das Schiff war oder der Kapitän. Es war ihr unmöglich, ihn vom Schiff zu trennen.

Als sie unten vor der Gangway stand und ihr Atem in die Luft dampfte, sah sie zu ihm hoch, er sah zu ihr runter und streckte seine Hand nach ihr aus.

Komm.

Den Abend verbrachte sie mit ihm an Deck und in der Offiziersmesse und in den Gängen, wie schon an ihrem ersten gemeinsamen Abend redeten sie nicht viel. Er machte mit ihr eine Art Spaziergang durch sein Leben, während die Rjúkandi ablegte und wieder rausfuhr aufs offene Meer. Er zeigte ihr alles, die Autodecks, das Containerdeck, den Maschinenraum. Hier, meine Pumpen, hier, mein Stahl, hier, meine Wände, und sie dachte: hier, meine Hände.

Aber er fasste sie nicht an.

Sie spürte, dass er es wollte, dass er würde, wenn er könnte, wenn diese Orte, an die er sie brachte, nur wirklich privat wären.

Er schien sich beobachtet zu fühlen.

»Hat das hier alles Augen?«, fragte sie irgendwann.

Er antwortete nicht, er sah sie nur an.

Sie hielt seinen Blick fest.

Später, zurück in der Offiziersmesse, saßen sie sich gegenüber an einem Tisch, es war niemand da außer ihnen, und wenn sie das richtig mitgeschnitten hatte, hatte er sogar von innen abgeschlossen, und doch war da dieser Tisch zwischen ihnen.

Sie saßen die ganze Nacht einfach nur da, manchmal stand er auf und mixte zwei neue Drinks. Gegen Morgen dann stand sie auf und sagte, dass sie jetzt gehen würde.

Er sagte: »Geh nicht.«

Sie sagte: »Am Samstag verlass ich das Schiff.«

Er sah sie an, mit einem teerschweren Blick, und blieb trotzdem an seinem Tisch, und am nächsten Tag, am späten Nachmittag, standen sie nebeneinander an Deck und rauchten.

Iva rauchte gegen die Anspannung an, es war ein vergebliches Rauchen. Wogegen Richard anrauchte, wusste sie nicht. Sie starrte aufs Wasser, auf die Wellen, in denen alles verloren gehen kann und alles entstehen. Die See schien richtig wütend zu sein, vielleicht kam ein Sturm auf, das Schiff bewegte sich so wild und einfallsreich und in alle Richtungen, dass sie sich zwischendrin immer wieder an Richards Arm festhalten musste, um nicht umzufallen.

Er zog den Arm nicht weg.

Aha, dachte sie, und jetzt schaute sie ihn doch an. Sie zog heftig an ihrer Zigarette, das Ding brannte bis auf den Filter runter.

»Kann ich echt nicht mehr hören, so einen Scheiß.«

Sie warf die Kippe über die Reling.

»Welchen Scheiß genau?«

»Den Scheiß«, sagte Iva, »den du hier gleich loswerden willst. Ich würde ja, aber ich kann nicht, versteh doch, es ist kompliziert, bla bla bla, dein Richard.«

Das Schiff knallte gegen eine mächtige Welle, Iva wurde von den Füßen geholt, sie krallte sich an Richards Uniformjacke fest, er fasste um ihre Taille, er ließ sie wieder los.

Sie lehnte sich gegen die Wand und verschränkte ihre Arme vor der Brust.

»Arschloch.«

Er drückte seine Zigarette in dem Aschenbecher neben der Tür aus und zündete sich gleich noch eine an.

»Ich würde ja«, sagte er, »aber ich kann nicht, versteh doch, es ist kompliziert, bla bla bla, dein Richard.«

Zigarette, Wind, Wellen, Ozean.

»Es tut mir leid.«

Sie sah ihn an, er schaute in Richtung Horizont und blies weißen Rauch in die Dunkelheit, als wäre er ein verdammter Schornstein.

»Weißt du«, sagte er, »ich bin älter, als ich aussehe. Richtig viel älter.«

Iva verstand nicht, was sie mit dieser Information jetzt anfangen sollte, was sie bedeutete, aber sein Bekenntnis hatte Wucht, und ihr wurde kurz schlecht, sie tastete ihre Jackentasche nach den Pillen ab.

»Wie viel älter, Richard?«

Er rauchte.

»Wie viel, Herrgott nochmal?«

Er hielt sie am Ellenbogen fest, wegen der Wellen, aber er antwortete nicht mehr.

Für einen Augenblick nahm Iva einen Riss im Bild wahr, ein Zucken in ihrer Zeitlinie, als würde sie im Traum in eine Schlucht fallen und dann doch nicht

und dann
hält er sie fest
wie denn
wie viel denn
Herrgott nochmal
Pillen in der Jackentasche
Rauch aus dem Schornstein
ich kann nicht
ich kann nicht mehr
Ozean, Wellen, Wind, Zigarette
fasst er um ihre Taille
ich kann den Scheiß nicht mehr hören
Filter, Zigarette, Blitze, Augen
das Schiff
die See
wütend
sie starrt auf sich selbst

und aufs Wasser
wo sind wir denn hier
unentspanntes Rauchen
am sogenannten Nachmittag
nachts
in der Offiziersmesse
adieu, ich gehe
mit Gin & Tonic
zwischen den Wänden
im Maschinenraum
Containerdeck
Parkdeck
in den Gängen
jetzt fass mich doch an
ja
sie dachte
ja
komm
er sah zu ihr runter
sie sah zu ihm hoch
die Luft voller Atem
und die Gangway
und das Schiff voller Richard
und magnetisch
und schneller
noch schneller
dunkel am Ufer
die Lichter
die Kälte
der Himmel
das Straßenpflaster war in Regenbogenfarben angemalt.

Nachts, in ihrer Kabine. Abends, im Restaurant. Tagsüber, am Fjord. Und auf dem Schiff. Und nachts in der Bar mit Richard. An Deck, ihre Hand in seiner, dieses eine verdammte Mal. Wunde Punkte, gefällt Ihnen die Reise, hätten Sie eine Zigarette für mich, guten Abend.

23. Juli 1938

Es gibt diese Nächte, die alles über den Haufen werfen. Wenn Rum im Spiel ist, wenn die Gefühle durchsichtiger werden, wenn der Horizont schiefliegt.

Ich kann die Verzweiflung auf dem Schiff spüren, die Angst, die Wut, den Überlebenswillen. Die Hoffnung, doch noch irgendwie durchzukommen, eine praktikable Lösung zu finden, einen sicheren Hafen für die eigene Existenz.

Und plötzlich ist sie da, die verrückte Idee.
Lasst es uns einfach versuchen, sagen erst nur einige wenige, aber mit dem Voranschreiten der Nacht, mit jeder Stunde, mit jedem Drink werden es mehr. In der Mitte der Dunkelheit wollen es dann alle, sogar ich will es.

Nur einmal alles richtig machen, ein einziges Mal.

Also rufen wir sie, obwohl wir gar nicht wissen, wen eigentlich genau, und tatsächlich: Sie kommen.

Als die Wasserfrauen mir erklären, was genau mein Teil des Deals ist, sage ich: Alles klar, aber warum wollt ihr das ausgerechnet von mir, ich bin ein alter Mann.

Das, sagen sie, wird sich bald ändern.

Klick

Während Malin es sich mit Ola in einem der leicht rostigen, heißen Pools auf dem Zwischendeck gemütlich machte, Nachwirkung von gestern Abend, saß Iva an Deck auf einer weiß lackierten, stählernen Bank und versuchte, nicht ununterbrochen in die Mittagssonne zu schauen, wegen der Augen, aber meistens konnte sie nicht an sich halten und ließ das Licht tief rein ins zentrale Nervensystem, und dort mischte es sich mit dem glatten, weichen Stahl unter ihren Händen, mit dem Maschinenraum, mit dem Herzschlag des Schiffs, und alles nur wegen ein bisschen Nordmeersonne, dachte sie, mitten im November, und so stand sie auf, um sich in der Bar schnell eins dieser Zimtstückchen zu holen, die sie am Morgen nach dem Frühstück auf dem Tresen gesehen hatte.

Als es dämmerte, fiel eine rote Sonne ins Wasser, Iva fragte sich, wo eigentlich Malin war und ob die immer noch mit Ola in diesem verfluchten Pool lag, und was zur Hölle die da machten und ob sie nicht langsam mal das Schiff nach Tarik absuchen sollten. Auf dem Weg zu ihrer Kabine begleitete sie der Sound kreischender Möwen.

Die Aufzüge finden Sie gleich hier links

»Okay«, sagte Malin.

»Okay, Sherlock«, sagte Iva.

Sie nickten sich zu, auf Deck zwei ganz tief im Bauch des Schiffes, vor den Couchettes, den Sechserkabinen für die knapp zweihundert Menschen, die sich nicht mal eingebildetes Tageslicht leisten konnten.

In den Innenkabinen weiter oben simulierte noch Milchglas mit einer Lampe dahinter eine Art Fenster, in den Couchettes gab es nur Mauern ohne irgendwas. Die Außenkabinen, in denen sie schliefen, waren Iva eigentlich zu teuer gewesen, aber Malin hatte nach dem Unfall ihrer Eltern ein Mehrfamilienhaus geerbt, Geld spielte seitdem keine Rolle mehr, und sie kannte kein Pardon, wenn es darum ging, wer bezahlte. Iva hatte im Laufe der Jahre gelernt, es einfach anzunehmen. Es war wichtig für Malin, ihr Erbe für Menschen einzusetzen, die sie liebte, und so viele gab es da nunmal nicht.

Wie sie jetzt vor diesen Schlafschachteln unter Deck standen, kam es Iva vor, als wären sogar die Türen zu den Kabinen niedriger und schmaler als die in den oberen Decks. Als wäre hier einfach nicht genug Platz für den aufrechten Gang ins Bett.

Schräg über ihnen im Heck waren Autos, Wohnmobile und Lastwagen geparkt, hinter ihnen lag der Maschinenraum, unter ihnen trennte sie nur der Kiel vom Ozean.

»Und was machen wir jetzt«, sagte Iva, »einfach klopfen?«

»Irgendwo müssen wir ja anfangen«, sagte Malin.

Es war früher Abend, üblicherweise die Zeit zwischen Arbeit und Vergnügen, wobei der Punkt *Vergnügen*, also ein Abend in der Bar mit Musik, für die Couchettesbewohner aus finanziellen Erwägungen wahrscheinlich wegsortiert beziehungsweise durch eine geteilte Flasche Schnaps ersetzt werden musste. Insofern sollte es tatsächlich eine gute Zeit sein, um hier jemanden anzutreffen. Malin atmete ein, rückte die Schultern gerade, setzte ein Lächeln auf und klopfte an die Tür mit der Nummer 2203.

Nichts.

Dann 2205. 2206. Nichts. Und nichts. Und weiter und nichts und weiter und nichts. Um die Ecke dann aber, hinter der Tür zu Nummer 2304, regte sich etwas. Jemand stand auf, schlurfte zwei, drei Schritte, der Knauf drehte sich, die Tür ging auf. Ein kleiner Mann mit müden Augen sah sie an und sagte etwas, das sie nicht verstanden, aber er war definitiv genervt. Sie hatten ihn gestört, das war offensichtlich.

Malin blieb fest, zog ein Bild von Tarik aus ihrer linken Jackentasche, hielt es dem Mann hin und lächelte einfach weiter. Der Mann sah sich das Bild an, zuckte mit den Schultern, sagte dann aber: »*Wait.*«

Irgendwas an Malin hatte ihn wohl geknackt.

Er schlurfte zurück in die Tiefe der dunklen Kabine und kam mit Badelatschen an den nackten Füßen wieder raus. Seine Zehen sahen aus, als hätte er viel zu viel gearbeitet in seinem Leben, viel auf schmutzigen Böden gestanden, auf rauen Flächen, seine Hände hingegen waren sauber und wirkten fast filigran. Er zog die Tür hinter sich zu und ging voran.

Iva musste an die Möwe von gestern Abend denken.

Sie folgten ihm durch den kurzen Gang und durch eine Stahltür, eine halbe Treppe nach oben. Da war eine Art Zwischendeck. Sie mussten sich alle drei bücken, um sich nicht die Köpfe zu stoßen. Dann noch eine Tür aus Stahl, diesmal eine kleine, eine halbe Treppe nach unten, und dann landeten sie in einer Art Gemeinschaftsraum, einem niedrigen, zu einer Seite offenen Schlauch. Es gab ein paar zusammengewürfelte Sitzgelegenheiten, einen wackeligen Tisch mit Gläsern und Flaschen drauf, und viel Neonlicht an den Wänden.

Es wurde geraucht.

»Wow, wo sind wir?«, sagte Malin.

Im Kapitalismus, dachte Iva und sagte: »Im Keller.«

Die Männer sprachen kaum Englisch, aber sie schenkten Getränke aus. Mit dem Bild von Tarik konnte keiner was anfangen, sorry, nie gesehen, den Typen.

Zu den Drinks gab es Chips.

Irgendwie hatten sie den Lift auf Deck drei nicht finden können, und diesen Lift zu übersehen, war schon eine beeindruckende Leistung, denn die einzige begehbare Ecke auf diesem Deck *war* quasi der Lift beziehungsweise die paar Quadratmeter davor. Aber trotz ihrer furchteinflößend schlechten geistigen Verfassung schafften sie es, sich gegenseitig zu stützen, während sie die Treppen von Deck drei zu Deck fünf hochtaumelten. Was man halt so schafft, wenn man dringend weitersaufen will.

Deck fünf, Deck fünf, Deck fünf.

Und, Überraschung, sie fanden es.

Sie fanden sogar die Bar.

In der Bar saßen, als wäre absolut gar nichts, Tarik, Flavio und Mo. Sie saßen einfach so am Tresen. Sie hatten jeder ein frisch gezapftes Bier vor sich, sie scherzten mit den beiden jungen Barkeepern, Ola machte sich an Zeitlupenversionen von Rolling-Stones-Nummern zu schaffen, ein paar Leute verteilten sich um einige wenige Tische, draußen vor den Fenstern hatte die See ein bisschen Ruhe gefunden.

Iva und Malin blieben am Eingang zur Bar stehen. Etwas Großes musste ihnen gegen die Stirn geknallt sein, sie schlugen lange Wurzeln mitten in den grauen Teppichboden.

»Äh«, sagte Malin.

»Ja gut«, sagte Iva.

In Ivas Kopf donnerte es.

»Also«, sagte sie.

»Na dann«, sagte Malin.

»Sagt mal, HACKT'S eigentlich?«

Malin war komplett aus der Fassung.

Ja, dachte Iva, offenbar hackte es – die drei Männer strahlten wie die Honigkuchenhengste, oder wie das hieß, Tarik hatte seine Hände auf Malins Gesicht gelegt und streichelte ihre Wangen, ihre Augenbrauen, ihre Lippen. Aber entschuldigt hatten sie sich bisher mit keinem Wort dafür, dass sie seit Wochen einfach abgetaucht waren.

Iva sah Flavio an. Die glatten, dunklen Haare, an den Seiten kurz geschnitten, oben etwas länger. Das schmale Gesicht, der ernsthafte Zug um den Mund, die römische Nase. Herr Dr. Scarafilo, durch und durch der stille Anästhesist. Einer von den Guten, wie er immer sagte, einer von denen, die aufpassen, dass es nicht wehtut. Die Ruhe selbst, mit langen, schlanken Fingern, Pianistenhände. Auch die Souveränität, die sie damals auf dieser Party trotz seiner Zerbrechlichkeit irgendwann total gekickt hatte, war noch da, aber er sah zehn Jahre jünger aus als vor ein paar Wochen. Nicht wie Anfang vierzig, sondern eher wie Anfang dreißig, maximal. Welches Bügeleisen hatte seine Haut gebügelt, welche Kraftinfusion war durch seine Haare gelaufen, wo waren die silbernen Fäden hin, und was war mit seinem verspannten Nacken passiert? Er hielt sich so auffällig gerade wie jemand, der in seinem ganzen Leben noch keine einzige Nachtschicht hinter sich gebracht hatte, geschweige denn in einem Krankenhaus.

Gleiches Muster bei Mo: Ehemalige Profisportler hatten oft diesen harten Zug im Gesicht, von den permanenten Schmerzen durch all die großen und kleinen Verletzungen, die einfach dazugehörten. Diese Härte war komplett verschwunden, aus seinem Gesicht, um die Augen, um den Mund, aus seiner ganzen Haltung. Früher hatte er immer ein bisschen die Schultern hochgezogen. Jetzt wirkte er wie frisch nach einer neunzigminütigen Massage.

Und Tarik saß auf seinem Barhocker, als wäre er eben von einem sechsmonatigen Sabbatical an der Türkischen Riviera zurück, oder von einem wochenlangen Segeltörn in der Karibik.

Alle drei schienen eine bessere, in einer heimlichen Werkstatt reparierte Version ihrer selbst zu sein.

»Warum«, sagte Iva, mehr zu sich selbst als zu diesen Männern auf ihren Barhockern, und dann wurde sie laut, und mit jeder Frage lauter: »Warum seid ihr nicht ans Telefon gegangen? Warum habt ihr nicht auf unsere Nachrichten geantwortet? Warum habt ihr verdammt nochmal auf nichts reagiert?«

Sie sah Flavio an, dann Mo, dann Tarik.

»Sowas macht man nicht, da geht man doch verdammt nochmal irgendwann ran.«

Ihre Stimme war wieder leiser geworden, aber dafür umso kälter. Sie hasste es, wenn Leute sich einfach entzogen.

»Telefone kaputt«, sagte Tarik, während er und Malin sich anfassten. Sie hatte jetzt ihre Hände auf seinem Gesicht, auf seinem Hals, auf seinen Oberarmen, sie tastete ihn ab, wie nach einem Unfall, als würde die zurückgelassene Tochter etwas nachholen, das ihr damals verwehrt geblieben war.

Iva verstand erst jetzt, wie viel Angst Malin um Tarik gehabt haben musste, wie viel Angst vor einer Todesnachricht, und es machte sie auch gleich wieder wütend.

»Ach ja?«, sagte sie. »Telefone kaputt?«

»Und über Bord gegangen«, sagte Mo, »die Telefone, einfach, zack, über Bord gegangen.«

Seine blonden Locken kringelten sich in der Luft, als wollten sie auch was sagen, sie bewegten sich, obwohl er ganz ruhig auf seinem Barhocker saß.

»Ins Klo gefallen«, sagte Flavio, er drückte seinen Souveränitätsknopf, als er Iva in die Augen sah.

»Aber warum«, sagte sie, »seid ihr nicht einfach nach Hause gekommen?«

»Auto weg«, sagte Flavio.

»Lokführerstreik«, sagte Mo.

»Reportage«, sagte Tarik.

»Reportage«, sagte Iva, »über eine beknackte Fähre?«

Sie verschränkte die Arme vor der Brust.

»Bahn kaputt, Auto kaputt, Telefone kaputt, ihr seid kaputt. Ich glaub euch kein Wort.«

»Es gab Probleme mit der Gangway«, sagte Tarik und spielte mit Malins Händen. »Und Blizzards. Immer wieder gab es Blizzards, einen nach dem nächsten.«

»Ja«, sagte Mo, »Probleme, Probleme, Probleme.«

»Genau«, sagte Flavio und nahm einen großen Schluck von seinem Bier, »was wir hier für Probleme hatten, das könnt ihr euch gar nicht vorstellen.«

Iva sah ihre Freundin an, die immer noch an Tarik klebte. Als wäre sie verhext worden.

»Malin. Sag doch auch mal was.«

»Zwei Gin & Tonic, bitte«, sagte Malin zu einem der beiden Barmänner, und Iva registrierte das irisierende Glitzern in dessen Augen.

»Oh Mann, ey, ihr habt doch alle keine einzige Latte mehr am Zaun.«

»Das ist für dich, Iva«, flüsterte Ola in sein Mikrofon und spielte *Wild Horses*.

Sie hatten die Shetlandinseln hinter sich gelassen, die Nordsee war zum Nordatlantik geworden, und da gab Iva auf, zumindest für diese Nacht. Sie hatte keine Lust mehr, Fragen zu stellen, auf die sie keine Antworten bekam. Sie schluckte vorsichtshalber noch eine ihrer Tabletten, und es war okay.

So würde es sein

Iva saß auf einer Bank vor einem winzigen Café in Torshavn, Färöer. Sie rauchte und versuchte, ihr Gehirn zu sortieren, und war sich kurz nicht sicher, ob sie schon mal hier gewesen war oder nicht. Irgendwas an dem Ort klingelte in ihr, kam ihr unheimlich bekannt vor, mit Betonung auf unheimlich. Sie entschied sich für: Nein, hier war ich noch nicht.

So fühlte es sich besser an.

Malin war noch in der Nacht mit Tarik verschwunden, vermutlich in seine Kabine, auf jeden Fall hatte Iva sie seitdem nicht mehr gesehen. Auch Flavio und Mo waren nicht wieder aufgetaucht. Ola war nach dem Frühstück mit ihr von Bord gegangen, aber am Hafen von einem Freund abgeholt worden, um auf die andere Seite der Insel zu fahren.

Eigentlich tat es ganz gut, ein bisschen allein zu sein mit dieser komischen Insel.

Sie hatte eben mit Lilo telefoniert, es war wieder schwierig gewesen, immer riss irgendwas in ihrer Brust, wenn Lilo traurig war und sie nicht da. Lilo war oft traurig, sie war kein lichtes Kind, sie war düster, war es von Anfang an gewesen. Doch wenn sie zusammen waren, konnten sie es beide ganz gut aushalten, sie hatten gelernt, es zu nehmen, wie es war. Lilos Vater, Ivas Ex, schob es lieber weg, wollte die Schatten nicht sehen, schob also Lilo weg, und das machte Iva fertig.

Mit dem Gedanken, dass sie ja Ende der Woche wieder zu Hause wäre, hielt sie ihre Tränen zurück.

Am Himmel bauten die Wolken ein Postkartenmuster aus Weiß und Blau über den hübschen bunten Häusern, es war windstill, eine Frau auf einem Fahrrad fuhr durchs Bild, sie trug einen silbernen Regenmantel, ein grünes Kleid aus dicker Wolle, ihre Wildlederstiefel leuchteten in hellem Pink.

Iva war weit davon entfernt zu begreifen, was da gestern passiert war, aber großartig gewundert hatte es sie dann doch nicht. Die Jungs waren noch an Bord, und sie waren am Leben.

Es war das eingetreten, was sie gehofft hatten.

Am Samstag würden sie zusammen das Schiff verlassen, zum Parkplatz gehen, ins Auto steigen, bei Aarhus eine erste Pause machen, später dann hinter der dänischen Grenze noch ein Fischbrötchen essen, dabei würden sie über den ganzen Irrsinn lachen, und abends wären sie wieder zu Hause.

So würde es sein.

Ihr Telefon piepste.

Es war Malin.

hey, bist du draußen

Iva atmete ein und wieder aus und antwortete.

Ja klar, kommst du?

gib mir 10 min, bin auf Gangway, wo soll ich hinkommen

Paname Café, schöne Lampen im Fenster, gegenüber von rotem Kiosk, ich wollte gerade reingehen.

bestellst du Kuchen, bitte

Mach ich, bis gleich.

bis gleichi!

Bis gleichi.

Malin hatte ein schlechtes Gewissen.

Iva drückte die Zigarette in dem großen Aschenbecher zu ihrer Rechten aus, ging rein, bestellte am Tresen zwei Kaffee und zwei Stück warmen Apfelkuchen mit Sahne und Karamell und setzte sich.

Als Malin ein paar Minuten später aufkreuzte, schaute Iva sie lange an, denn ihre Freundin sah fast unnatürlich glücklich aus, so glücklich konnte man doch gar nicht sein.

Dann erst sagte sie: »Erzähl.«

Sie aßen ihren Kuchen, tranken ihren Kaffee, und Malin erzählte, sie pflegten ihre Kopfschmerzen und beobachteten durch die großen Fenster den Himmel, der sich jetzt langsam, aber unaufhaltsam zuzog.

Fischsuppe

Also saßen sie am Abend zu sechst beim Essen, an einem Tisch in der Mitte des Raums. Ola war der Gesichtsälteste, aber danach kam gleich schon Iva, zumindest fühlte sie sich so. Tarik, Flavio und Mo sahen im schummrigen Licht aus wie hübsche Endzwanziger. Und Malin hatte diesen ganz speziellen Liebesglanz in den Pupillen und auf den Wangenknochen, der alle zu Teenagern macht.

Iva vergaß manchmal, wie tief Tarik und ihre Freundin verbunden waren, aber jetzt war es deutlich zu sehen: Seit dem Tod ihrer Eltern wäre Malin ohne ihn gar nicht lebensfähig.

Dass es auch ohne sie für Malin eng werden würde, verdrängte Iva lieber.

Auf dem Tisch standen eine große Terrine mit isländischer Fischsuppe, eine Schale mit geröstetem Brot und eine Platte mit Langusten, dazu Chilimayonnaise. Ola hatte eine Kelle in der Hand, er füllte die Teller mit Suppe.

»Wie war dein Tag?«, fragte Iva.

»Wir waren draußen im Fjord«, sagte er, »fischen. Und ihr?«

»Kaffee und Kuchen«, sagte Iva.

Ola sah die Jungs an.

Tarik sah Malin an.

Flavio und Mo sahen aus dem Fenster in die Nacht.

»Verstehe«, sagte Ola.

»Geil, morgen dann Island«, sagte Malin und fing an, ihre Suppe zu löffeln.

Im Bauch der Rjúkandi wurden die Maschinen angeworfen, das Schiff hob sich, alle griffen nach ihren Biergläsern, die See schmiegte sich an den Stahl, Iva schluckte eine Pille, dann biss sie krachend in eins der Brote.

3. September 1941

(63°22'42.1" Nord, 20°04'50.0" West, südwestlich von Vestmannaeyjabær)

Seit inzwischen drei Tagen versucht eins dieser Nazi-U-Boote, uns zu versenken. Wir halten die Stellung und warten ab, bis es vorbei ist. Eine wilde Jagd über den Atlantik würde an der Situation nichts ändern, es wäre einfach nur anstrengend.
Irgendwann werden sie schon aufgeben.

Zuerst hat uns der andauernde Torpedobeschuss nervös gemacht, aber wir haben schnell begriffen, dass sie uns wirklich nicht treffen können. Die Wasserfrauen halten Wort.

Die Deutschen feuern aus allen Rohren, während wir an Deck stehen und Kaffee trinken. Das Schlafen haben wir allerdings bis auf Weiteres eingestellt. Wer weiß, was die Idioten sich in ihrer Verzweiflung einfallen lassen.
»Am Ende holen sie die Harpunen raus oder versuchen, uns zu entern«, hat meine erste Offizierin gestern gesagt, ich hatte gerade frischen Kaffee aus der Messe besorgt.

Sollen sie doch, hab ich gedacht, wir sind genauso unsinkbar wie unser Schiff.

Es ist ein Wunder, dass wir es überhaupt bemerken, wenn wir uns mal verletzen.

Ich gebe eine Runde Zigaretten aus und denke an die einfachen Seeleute in diesem U-Boot, an die Maschinisten, die Matrosen. Kann gut sein, dass sie bald von einem britischen Zerstörer erwischt werden. Dann wird es grausam werden für sie. Niemand hat es verdient, so zu sterben. Im Wasser zu verbrennen zum Beispiel.

Aber ich bekomme kein Mitleid zusammengebaut. Die Deutschen sind der Grund, warum wir auf diesem Schiff leben.

Ein Hallenbad, Jahrhundertwendearchitektur in zarten, warmen Farben, es könnte sogar ein Wellenbad sein, es ist groß, und es ist viel los im Becken, da liegen und schwimmen und lassen sich treiben: sie.

wo WART ihr denn
bitteschön
wir waren doch VERABREDET
mit den ORCAS
wir haben auf euch GEWARTET
aber dann haben wir ALLES allein gegessen
was sie so schön vorbereitet hatten
und ihr hättet sie SEHEN müssen
wie groß sie geworden sind
wie MÄCHTIG
wie sie sich BEWEGEN
wie sie uns BEGEGNETEN
es war eine FREUDE sie zu treffen
ihr hättet sie wirklich sehen müssen

ja schon
aber wir waren nur mal
auf einem dieser Unterwasserungeheuer
die hier neuerdings
durch den Atlantik kreuzen

OH JA
die sind so HÄSSLICH
keine GESICHTER
kein LEBEN

nur ZERSTÖRUNG
was WOLLTET ihr denn da
NA JA
wir wollten mal schauen wer die eigentlich SIND

und wer SIND sie

keine Ahnung
wir haben die nicht begriffen
aber sie versuchen tatsächlich
das SCHIFF zu versenken

HAHA
viel Erfolg
das VERSUCHT mal
ihr Deppen
meine GÜTE
wie doof sind DIE denn

ja
sie STREITEN sich jetzt
bald bringen sie sich GEGENSEITIG um
VIEL Zeit haben sie sowieso nicht mehr
und es war dann auch LANGWEILIG
das ständige GESCHREI
wer Schuld hat und so

SCHULD
was für ein beknacktes Konzept
und was habt ihr da eigentlich AN
BITTESCHÖN

ach das
ach so
wir haben ihnen die Uniformen abgenommen

Das geflüsterte Wort
Offiziersmesse

Sie saßen in ihre dicken Jacken gepackt auf einer Bank an Deck.

»Alter«, sagte Malin, »ich kann kaum gehen.«

Iva zog eine Augenbraue hoch.

»Alles andere wäre auch echt langweilig.«

Malin stöhnte leise, streckte ihre Beine von sich.

Der Himmel war hell und hing voller zarter weißer Wolken, der Nordatlantik lag still in seinem riesigen Bett, das Schiff glitt ohne Aufwand durchs Wasser. Bald spiegelten sich auf der Oberfläche die ersten Ausläufer Islands, schneebedeckte, fast gletscherhafte Hügel in gefrorenen Farben – Moment mal, da war doch was, dachte Iva, irgendwas war da eben, sie schüttelte den Kopf und sagte: »Was.«

»Wie, was«, sagte Malin.

»Nichts«, sagte Iva, »nur so eine Art Déjà-vu. Hat man ja manchmal.«

»Stimmt«, sagte Malin. »Hat man manchmal. Wie lange noch?«

Iva sah auf die Uhr.

»Knappe Stunde, dann legen wir in Seydisfjördur an.«

»Seydisfjördur«, sagte Malin, »was für ein schönes Wort«, und dann stöhnte sie nochmal, diesmal etwas lauter, und schon wieder meinte Iva, irgendwas wahrzunehmen

und

und

»Kommen die Männer mit an Land?«

»Keine Ahnung«, sagte Malin, »Tarik hat noch gepennt, als ich vorhin zurück in meine Kabine bin.«

»Wo schlafen die überhaupt?«

»Ein Deck über uns, auf der anderen Seite.«

»Fällt dir das eigentlich auch auf«, sagte Iva, »dass die so ... anders aussehen?«

»Ja«, sagte Malin, »aber.«

»Aber was?«

»Ich glaub, die haben sich einfach tierisch erholt, weil der ganze Scheiß von zu Hause mal überhaupt keine Rolle gespielt hat.«

»Du meinst: Was ein paar Wochen auf dem Wasser so ausmachen? Echt jetzt? Das ist alles?«

»Na ja, das bringt schon wahnsinnig viel, vor allem kosmetisch gesehen. Vielleicht sollten wir auch weiter mitfahren. Ich hätte Bock.«

»Vergiss es«, sagte Iva, »ohne mich.«

Sie stand auf, um Lilo anzurufen.

Das Schiff wurde langsamer, die Maschinen beruhigten sich und trödelten Stück für Stück tiefer in den Fjord.

Lilo ging nicht ran.

Ach ja.

Es war Morgen

oder

gestern

oder

letzte Woche

Lilo war natürlich in der Schule. Wie konnte sie so doof sein, das zu vergessen, wie konnte sie nur.

Als die Rjúkandi in Seydisfjördur einlief, verließen sie das Schiff und später dann in der Nacht, nach der winzigen Stadt mit den niedrigen, in Pastellfarben angemalten Häusern mit Blick auf den Hafen, nach der aus der Welt gefallenen Galerie, in der sie hängengeblieben waren

hängen geblieben

waren

nach *Auch wenn es jetzt gleich ein bisschen weh tun wird* und nach fallendem Schnee in einem Gesicht, nach dem stillen Frost des Tages und dem warmen Schimmer des Restaurants, nach Muschelrisotto, Wein und Musik und Vergangenheitsbrüchen, nach dem geflüsterten Wort Offiziersmesse im Hinterkopf

Offiziersmesse im

Hinterkopf

dachte Iva

dachte Iva, dass es plötzlich ganz schön still war, und sie wurde irgendwie

unruhig.

Wir sollten gehen

»Wo ist das verfluchte Problem, Freunde?«

»Es gibt kein Problem.«

»Kein Problem?«

»Nein, gar keins.«

»Warum kommt ihr dann nicht einfach mit uns von Bord, es ist supereasy, Tür auf, Gangway runter, rechter Fuß, linker Fuß, Kaffee trinken, Spaziergang zu dieser Höhle auf dem Hügel, alle glücklich.«

»Ja klar, die Höhle, das tolle Café, haben wir doch alles schon gesehen, sind wir durch mit. Wir bleiben hier.«

»Wie langweilig ihr seid.«

»Sind wir eben langweilig. *So what.*«

»Wir würden uns halt freuen, wenn wir das heute mit euch zusammen machen könnten. Bevor wir wieder ablegen.«

»Ich muss noch diese Reportage schreiben.«

»Ich muss noch Fachliteratur lesen.«

»Ich muss mein kaputtes Knie schonen.«

»Du humpelst doch gar nicht mehr, das Knie ist doch prima in Schuss, also offenbar.«

»Könnt ihr bitte aufhören zu nerven?«

»Ach, jetzt DIE Nummer, wir nerven? Wie so Frauen? Oder was?«

»So war das nicht gemeint.«

»Dann macht halt. Holt eure blöden Jacken, und wir gehen von Bord. Kleiner Ausflug nur. Den ganzen anderen Scheiß könnt ihr später erledigen. Los, Ferien, ihr Trottel.«

Tarik, Flavio und Mo sahen sich an.

Mo zuckte mit den Schultern.

»Okay.«

»Okay?«

»Wartet hier, wir holen die Jacken.«

»Okay, wir warten.«

Eine Minute.

Zwei Minuten.

Vier.

Sieben.

Zehn.

Dreizehn.

»Ah, da sind sie ja wieder.«

Abmarsch.

»Na also. Geht doch.«

Sie liefen zu fünft die Gangway entlang, die mehr ein Tunnel mit schmutzigen Scheiben war, und dahinter lag Island, der kleine, seltsam verrutschte Hafen von Seydisfjördur.

Sie schwiegen.

Die Stimmung war komplett im Eimer.

Malin hatte die Stirn in Falten gelegt, Iva atmete langsam und flach, um den aufflammenden Streit im Zaum zu halten, manchmal klappte das ja.

Als sie am Ende der Gangway ankamen, zog Tarik die Tür nach draußen auf, Iva und Malin gingen durch, die Luft klirrte, die Kälte schlug ihnen in die Gesichter, im Bruchteil eines Augenblicks schloss sich die Tür wieder, und sie waren zu zweit.

Nur sie beide.

Hinter der Tür: Stille.

»Hallo?«, sagte Malin.

»Was zur Hölle«, sagte Iva.

Sie aßen zu dritt zu Abend, nur sie beide und Ola. Es gab Berge von Wasserschnecken, sie betranken sich mit High Balls, im Hintergrund verschwanden die Lichter von Seydisfjördur, und das Schiff war unterwegs Richtung offene See. Ola tat wirklich alles, um Malin und Iva bei Laune zu halten, aber es funktionierte nicht.

»Also«, sagte er dann und legte seine Schneckenzange weg, »das bringt doch nichts so, wir gehen jetzt in die Bar.«

»Scheiß auf die Bar, ich hab genug von dem Zeug«, sagte Malin und schob ihr Glas weg, »außerdem war Iva noch gar nicht baden, wir gehen jetzt in den Hot Tub.«

»Ich hab keinen Bikini dabei«, sagte Iva.

»Niemand hat die Absicht, einen Bikini zu tragen.«

Ihre Köpfe dampften in der Kälte, und die Möwe saß am Rand des heißen Beckens und sah ihnen zu. Die Möwenaugen waren wie gehabt einen Tick zu groß, die Schnabelwinkel zeigten nach oben, auf dem Kopf dieser Irokesenverschnitt aus zarten Federn.

»Ich glaub, die kenn ich«, sagte Iva.

»Den«, sagte Malin. »Das ist doch ganz klar ein Typ.«

»Stimmt, jetzt, wo du's sagst. Und wir hier ohne Bikini.«

Die Rjúkandi pflügte durch die inzwischen wieder bewegte See, aber das gleichmäßige Wogen des Atlantiks war nichts im Vergleich zu den massiven Wellen, die sich zu Beginn ihrer Reise auf der Nordsee getürmt hatten. Iva nahm ihre Pillen trotzdem weiter, aus Sicherheitsgründen. Sie hatte zwar das Gefühl, gerade jetzt klar bleiben zu müssen, und die Pillen trugen nicht unbedingt dazu bei, aber schlecht durfte ihr auch nicht werden.

Irgendwas war im Busch, da sollte man nicht kotzend über der Reling hängen.

Sie fuhr mit den Händen durchs warme Wasser, die Wärme spielte mit ihrer Haut, ihren Armen, ihren Beinen, ihrem Nacken. Sie legte den Kopf zurück und schaute in den schwarzen, sternenlosen Himmel.

In ihrem Kopf machte sich eine Leerstelle breit.

»Tarik«, sagte Malin.

»Ja«, sagte Iva, »was ist da los«, dann tauchte sie kurz unter. Das Wasser wollte gefühlt werden.

Als sie wieder auftauchte, latschte die Möwe beziehungsweise der Möwe am Beckenrand entlang und machte es sich am Ende seines Wegs auf der glitschigen Kante neben Malins Kopf gemütlich. Er legte den Kopf schief, es sah aus, als würde er zuhören.

»Wenn wir im Bett sind«, sagte Malin, »dann ist er so da, mehr als je zuvor, früher war es zwischen uns oft ein bisschen, wie soll ich sagen, wie mit angezogener Handbremse, um bloß die Freundschaft nicht kaputt zu machen und so, aber das ist jetzt komplett weg, das fühlt sich an, als wären alle Mauern eingerissen, als wäre da gar keine Grenze, weißt du, was ich meine?«

Iva wusste, was Malin meinte, sie erinnerte sich dunkel an diese Art von Sex.

In ihrem Kopf raschelte etwas.

»Und gleichzeitig ist da plötzlich eine Monsterschranke, und zwar dann, wenn wir reden. Irgendwas bleibt versteckt, ganz anders als sonst. Er unterdrückt was. Ich komm nicht an ihn ran. Wie ist das mit dir und Flavio?«

»Ich hab nichts mit Flavio. Das war nur das eine Mal.«

»Klar, aber ihr habt doch eine Verbindung. Die hat man doch, wenn man miteinander im Bett war.«

»Nicht immer«, sagte Iva.

»Mit den nassen Haaren siehst du aus wie eine Meerjungfrau«, sagte Malin.

Iva griff hinter sich und holte zwei Zigaretten aus der Schachtel.

Der Möwenmann machte ein Möwengeräusch.

Iva zündete beide Zigaretten an, steckte eine davon Malin in den Mund, die andere in den Schnabel des geflügelten Kollegen. Dann versorgte sie sich selbst.

Es tat gut zu rauchen, das Nikotin beruhigte ihre aufgescheuerten Nerven.

»Das hast du jetzt nicht gemacht«, sagte Malin, »spinnst du, Iva, der arme Vogel.«

»Ich glaub ja inzwischen, dass man hier alles machen kann«, sagte Iva. »Nichts stört irgendwen.«

Sie sah den Möwenmann an.

Er schloss die Augen.

Ola hatte Iva und Malin auf einer Bank an der Fensterfront und ganz in seiner Nähe platziert, als müsste er sie beschützen. Unter ihnen wühlten die riesigen Schiffsschrauben Ornamente und Schaumkronen in den Atlantik, die Rjúkandi zog einen weißen Schleier hinter sich her. Malin hatte ein Glas Weinschorle in der Hand, Iva eine Flasche Bier. Sie war vollkommen aufgeweicht, ihre Haut fühlte sich nach dem langen Bad im heißen Wasser dünn an, ihr Gehirn schien während der Stunde im Pool alle verfügbaren Filter in eine Tüte gesteckt und über Bord geworfen zu haben, das lag jetzt alles auf dem Grund, irgendwo vor Island.

Sie lehnte sich zurück, spürte Malins zarte Schulter an ihrer und hörte der Musik zu.

More than this, sang Ola, von Roxy Music, und Iva sah im schimmernden Fenster den jungen Bryan Ferry, eine zarte Spiegelung, in einem korallenroten Hemd.

»Dieser Song«, sagte Malin.

Nothing, sang Ola, und am Ende flüsterte er es nochmal in den Raum, *nothing,* das Schiff atmete.

Dann drückte er aufs Gitarrengaspedal, schickte Akkorde und einen Rhythmus in den Raum, die grauen Haare fielen ihm ins Gesicht, *Forever in Blue Jeans,* soso, dachte Iva, Neil Diamond, wie ist er denn heute drauf? Malin hatte die Augen zu, sie lächelte und sang leise mit. Tarik, Flavio und Mo blieben weiterhin verschwunden, aber das machte nichts. Es machte überhaupt nichts. Sonst hätten sie darüber reden müssen, was heute auf der Gangway passiert war.

Zu unübersichtlich.

Barry White, *You're the First, the Last, my Everything,* jetzt kam hier aber Bumms in die Bude, und da tauchten die ersten Crewmitglieder am Tresen auf, in all ihrer Schönheit, in all ihrem Glanz, Iva sah Haare und Haut im Licht, Bewegungen im Fluss, Lächeln und Liebe, und ihre Gefühle liefen in verschiedene Richtungen. Es tat gut, diese Leute anzusehen, aber dass sie es so gern tat, kam ihr auch gefährlich vor, wie die Ankündigung eines verhängnisvollen Weges.

Eternal Flame von den Bangles, Ola sang mit weicher Stimme, die Barfrau stand hinter der Theke, sie war von einer perlmuttfarbenen Aura umgeben, sie trug ein weißes Kleid aus Spitze, hochgeschlossen, in der Taille geschnürt, sie hielt sich gerade, stolz, ihre goldbraunen Locken waren am Hinterkopf zu einem losen Dutt gesteckt, sie wirkte fast jugendlich, ein Mädchen noch, aber ihre Blicke brannten, und sie mixte Drinks für die Männer und Frauen der Crew, sie drehte sich zum Regal, sie drehte sich wieder zur Theke, offenes Haar jetzt, rotbraun mit einem langen, dicken Pony, das Spitzenkleid cremefarben, ärmellos, tief dekolletiert, ihre Wimperntusche verrutscht, wie Juliette Lewis in einem dieser typischen Juliette-Lewis-Filme, sie zapfte Bier wie eine ewige Flamme, und dann betrat der Kapitän den Raum, in Uniformhose und weißem Hemd, er sah Iva an, sie verstand nicht ganz, aber irgendwas verstand sie doch

verstand sie

wie hieß er noch

Malin atmete an ihrer Schulter zu Queen, *Who Wants to Live Forever*, und von irgendwoher hatte ein Orchester eingesetzt, Streicher, Pauken, ein Chor, eine E-Gitarre, es war, als würde die Musik in den Wänden sitzen, eingeschlossen im Stahl, dann ein Schlagzeug, ein Bläsersatz, der Kapitän stand in einer merkwürdigen Entfernung, nah und doch wieder nicht

und doch

und sein Bartschatten wurde dunkler

und dunkler

und auch sein Blick

Tears Dry On Their Own

von Amy Winehouse

die Barfrau oder Meerjungfrau trug ein glänzendes Kleid aus hellem Satin, ihre Haut war dunkel, ihre schwarzen Locken waren zu einem hohen Knoten aufgetürmt, über der Stirn saß ein Diadem aus Perlen, sie war groß und würdevoll, eine Königin, die Crew hielt inne, mit ganz leicht gesenkten Köpfen, als würden sie ihr huldigen, Iva stockte der Atem, und auch sie senkte für einen Augenblick den Kopf. Dann hörte sie die Stimme des Kapitäns

des Kapitäns

er hörte sich an wie ein viel jüngerer Mann, aber sie wusste, dass er es war

er war es

obwohl sie doch noch nie miteinander gesprochen hatten: »Iva.«

Alter, dachte Iva, was soll das denn jetzt, und in diesem Moment schwenkte Ola zu Celine Dion und den Bee Gees, zu *Immortality*.

»Malin«, sagte Iva, ohne ihre Freundin anzusehen, aber Malin reagierte nicht, sie schien zu schlafen, inmitten der Musik, und da löste sich eine Frau aus der Crew und kam auf sie zu, es war die mit dem speziellen Band zu Ola.

Sie setzte sich neben die schlafende Malin, als würden sie und Iva dazugehören, als wären sie gar keine Fremdkörper, und die Barfrau hinter ihrem Tresen trug eine blaue Jeans, ein Shirt in Regenbogenfarben, sie hatte gelbe Lockenwickler im Haar, nicht besonders konsequent reingedreht, mal hier einen, mal da einen, als würde sie sich auf irgendwas vorbereiten, und sie rauchte, sie redete, am Tresen wurde laut gelacht, sie hatte offenbar einen krachenden Humor.

Iva wäre gern aufgestanden und hingegangen, es sah fast nach einer beginnenden Party aus, aber sie saß wie festgeklebt auf dieser Bank.

Ola sah die Crewfrau an, in seinen Augen schimmerte Liebe, ihr System schien zu reagieren, sie liebte ihn mit ihrem Blick, und sie stand auf und ging zu ihm, er gab ihr ein Mikrofon und spielte die ersten Akkorde, dann sangen sie gemeinsam *Islands in the Stream* von Dolly Parton und Kenny Rogers, die Crew tanzte am Tresen, und der Kapitän

der Kapitän

stand jetzt direkt vor Iva und sah sie an

und sah sie

bis Ola aufhörte zu spielen, die Gitarre wegstellte und sich neben Iva setzte, und da war der Kapitän gegangen

vielleicht war er an Deck

an Deck

eine rauchen

oder war er noch da

doch noch da

es war nicht ganz klar, alles verschwamm.

Ola atmete ein und aus und ein und aus, die Crewfrau sah ihn mit großer Zärtlichkeit an, richtig fürsorglich, die langen, dunklen Haare fielen über ihre Schultern, und dann gehörten sowohl das Mikrofon als auch der Raum ihrer Stimme, sie füllte das ganze Schiff, Ola schluckte, Ola schloss die Augen, Ola hielt sich tapfer, Ola nahm Ivas Hand, und sie ließ es zu, sie spürte das Zittern in Olas Fingerspitzen, das Zittern ging durch seinen ganzen Körper, *I will always love you* sang die Crewfrau, in der Version von Whitney Houston, aber hallo, und Ola war neben Iva zusammengesunken, sie hatte das Gefühl, ihn lesen zu können, sie fühlte seinen Schmerz und seine Sehnsucht, und sie verstand.

Etwas.

Behutsam legte sie seine Hand auf seinem Knie ab, ließ sie los, er schien es nicht zu bemerken, er war woanders hängengeblieben.

»Wir sollten gehen«, sagte sie zu Malin, packte sie am Ellenbogen und zog sie von der Bank, Malin machte die Augen auf.

»Was?«

»Wir sollten gehen.«

Sie manövrierte ihre manövrierunfähige Freundin durch

die Bar, am langen Tresen entlang, die Barfrau trug ein weißblau gemustertes Kleid, da war ein Muster aus Wasser drauf, Wellen oder so, das Muster bewegte sich, und sie toupierte sich die kurzen, wild vom Kopf abstehenden Haare.

»Was«, sagte Malin nochmal, als sie am Ausgang waren, »es war doch so schön, die Musik.«

»Ja«, sagte Iva, »ich weiß, ich hätte auch ewig zuhören können, aber wir gehen jetzt.«

Sie waren raus aus der Bar, die Musik wurde leiser, *Time after Time* von Cindy Lauper, und die Luft in den Gängen war angenehm kühl.

»Aber warum hast du es dann kaputt gemacht?«

»Sie ist seine Mutter, Malin, sie ist auf jeden Fall seine Mutter, auch wenn sie vierzig Jahre jünger zu sein scheint, scheißegal, sie ist die verdammte Mutter.«

Malin saß auf Ivas Bett, vorne auf der Kante, und rieb sich die Augen. Iva hockte vor ihr auf dem Kabinenboden, sie hatte die Hände auf den Knien ihrer Freundin, so wie sie es bei ihrer Tochter immer machte, wenn sie wollte, dass sie ihr zuhörte.

»Wie kommst du darauf«, sagte Malin und bemühte sich, die Augen offenzuhalten, »wieso die Mutter, das geht doch gar nicht.«

»Keine Ahnung, wie sie das gemacht hat«, sagte Iva, »aber so, wie sie Ola ansieht, so sieht eine Mutter ihr Kind an, und was da eben an Gefühl raustropfte, das war Mutterliebe, Malin. Wenn auch eine sehr traurige.«

Malin legte den Kopf in die Hände.

Iva schaute zum Kabinenfenster raus, die Außenbeleuchtung schien zu zittern.

»Die Zeiten stimmen einfach nicht«, sagte sie, »die Zeiten stimmen nicht.«

Sie saßen noch lange so da und suchten nach einer Sprache für das, was sich in ihren Köpfen zu einem Bild fügte, aber sie konnten nichts finden.

Gegen Mitternacht lagen sie nebeneinander in Ivas schmaler Koje, Arm in Arm. Am frühen Morgen schliefen sie ein.

Als Iva am Vormittag aufwachte, war Malin verschwunden. Sie wischte die letzte Nacht weg und versuchte, etwas Alltägliches zu tun, ihren Ex anzurufen, um nach Lilo zu fragen, aber ihr Telefon hatte den Geist aufgegeben.

10. März 1972

Sechs Frauen und ein Mann, sie sind in einem dieser alten Trawler unterwegs, kaum seetauglich das Ding.

Wir fischen sie raus.

Sie sagen, sie hätten extra unsere Route gekreuzt, sie hätten uns quasi gesucht, denn sie hätten von uns gehört. Sie sagen, sie kämen aus Dänemark, aus einer Stadt namens Christiania, mitten in Kopenhagen, und sie seien gekommen, um zu bleiben.

Nun.

Ein Tresen über dem Atlantik, ein transatlantischer Tresen also, hoch über dem Meer, bei Sonnenuntergang, bei Drinks und Zigaretten sitzen: sie.

wie
die nehmen jetzt einfach LEUTE auf

irgendwelche Leute
die sie ZUFÄLLIG aus dem Wasser gezogen haben

was haben sie denn davon

was BRINGT das denn

wo ist denn da der SINN

verstehe ich nicht

da weiß man doch gar nicht
ob die dazupassen

wieso
ich seh das anders
der Sinn liegt doch auf der Hand
sie ERTRINKEN dann halt nicht

ja aber
haben diese Leute nicht gesagt
dass sie EXTRA da langgefahren sind
dass sie gerettet werden WOLLTEN

ich meine
da hätten sie ja auch zu Hause bleiben können
statt sich in Gefahr zu bringen
in dieser löchrigen Dschunke

und deshalb
also
verstehe ich das richtig
würdest du sie eher NICHT retten

Eine Stunde

Iva stand in der Tür zur Gangway.

»Bitte«, sagte Malin. »Bitte bleib.«

»Ich will nur noch runter von diesem Schiff.«

»Übermorgen«, sagte Malin, »übermorgen früh kannst du runter und zurück nach Hause.«

»Ich?«

»Wir«, sagte Malin. »Übermorgen früh können *wir* runter von diesem Schiff und zurück nach Hause. Aber jetzt komm. Bitte.«

Iva spürte ein Gewicht auf ihren Schultern, ein Ziehen im Bauch.

»Bitte, Iva, nur eine Stunde.«

»Okay«, sagte Iva, »ihr habt eine Stunde. Dann geh ich an Land und lass mein Telefon reparieren.«

Malin atmete ein.

Sechzig Minuten später atmete sie wieder aus, und Iva versuchte, drei Stücke Zimtgebäck vom Tresen und drei Versionen einer Geschichte zu verdauen.

»Ihr könnt also das Schiff nicht mehr verlassen?«

Tarik nickte. Er saß ihr gegenüber neben Malin auf einer der Bänke am Fenster, neben ihm saßen Flavio und Mo, das Schiff lag im Hafen von Torshavn, in seinem Bauch rumpelte es, weil schwere Dinge aus- und wieder eingeladen wurden, Iva tippte auf Fahrzeuge, aber, na ja, weiß der Teufel, was auf diesem merkwürdigen Schiff noch alles so transportiert wurde, am Ende transportierten sie Seeungeheuer oder Drachen.

»Und wie fühlt es sich an?«

»Es ist alles so leicht«, sagte Flavio.

Den souveränen Blick, den Iva in jener Nacht dermaßen zwingend gefunden hatte, hatte er sich nur zugelegt, um seinem Vater standzuhalten, denn sein Vater war ein Vater mit einem glühenden Stift in der Hand, damit hatte er seinem Sohn Botschaften auf die Seele geschrieben, seit das Kind denken konnte und fühlen – dass es dies und jenes sein musste, um etwas wert zu sein. Ein Arzt sollte der Sohn werden, um jeden Preis, Schule, immer nur Schule, sei kein Schwächling, sei der Beste von allen, willst du etwa für immer Mittelmaß bleiben, nein, das willst du nicht, das darfst du nicht, du sollst hardcore sein, nicht softcore, sei wie dein Vater, nimm dir den Erfolg, nein, verdien ihn dir, und verdien dir Liebe, und Flavio hatte geächzt unter dieser Last. Sie hatte ihn klein gemacht, und gleichzeitig zog sie auch an ihm, um ihn gewaltsam größer zu machen, als er sich fühlte. Eine Jugend auf der seelischen Streckbank. Und dann war er eben Arzt geworden, aber wieder hatte es nicht gereicht: Chirurg, das wär's gewesen, mein Sohn, und was bist du? Einer, der Schlafmittel spritzt und was gegen die Schmerzen.

Jetzt war er auf einem Schiff gelandet, auf dem es keine Schmerzen gab.

»Die ständigen Fragen«, sagte Mo, »die stellen sich einfach nicht mehr.«

Die Fragen nach der Zukunft, danach, was denn bloß werden soll, am Ende so einer Basketballkarriere, wenn man inzwischen zwar als ganz passabler Trainer durchging, aber mehr so im beruflichen Abklingbecken hockte und nicht der war, den irgendwer verehrte, für den irgendwer spielte. Sondern eher der, der halt da war, den der Club mit durchschleifte und von dem keine nennenswerte Entwicklung mehr erwartet wurde, weil da fehlte dann doch die Leidenschaft – für den Sport und für alles andere auch, und ja, es fühlte sich sehr gut an, wenn endlich niemand mehr irgendwas erwartete und es komplett ausreichend war, einfach am Leben zu sein und sich abends an einem Tresen volllaufen zu lassen.

Iva bekam es nur schwer in den Kopf, dass es nicht Mo gewesen war, der die drei in diesen Schlamassel geritten hatte, sondern Tarik.

Tarik war so gar nicht der Schlamassel-Typ. Tarik war Mr Zuverlässig, Mr Korrekt, Mr Ich-kümmere-mich-um-das-Problem.

Vor den Fenstern der Schiffsbar lag die Hauptstadt der Färöer, der kleine, rot-weiß geringelte Leuchtturm zeigte wie ein Finger in den hellgrauen Himmel, Tarik hielt sich mit seinem Blick daran fest und sagte: »Wie so ein weicher Nebel, der sich um alles legt. Es ist plötzlich erlaubt, Sachen zu vergessen.«

Die Bilder aus den Kriegen, von denen er berichtet hatte, die Katastrophen im Kopf, die Bomben, die Einschläge, die Verletzten, die Toten, das Feuer, die Brände, die Stürme, die Fluten, das ganze verdammte Leid, das alles zu vergessen, vielleicht sogar für immer, war ein Versprechen. Die Verantwortung dafür endlich abzugeben, auch die für seinen Bruder, und auch die für den späten, zerbrechlichen Frieden der Eltern, die ohne seine Hilfe sowas von aufgeschmissen waren, ohne die Miete, die er bezahlte, ohne seine täglichen Anrufe, ohne die wöchentlichen Einkäufe, ohne die Antidepressiva für seine Mutter, die sein Vater so wenig begriff, dass er nicht mal in der Lage war, sie zu besorgen, ohne das Zimmer, das er seinem Bruder in dieser Einrichtung besorgt hatte, weil er da sicher war, zumindest vor der für ihn so gruseligen Welt da draußen, womit er ja auch recht hatte, also mit der Gruseligkeit.

Was für eine Aussicht, an all das nicht mehr in einer Tour denken zu müssen.

»Ich stell mir das schön vor«, sagte Malin, »so ohne jeden Druck leben zu dürfen. Und dass die Erinnerungen verschwinden.«

Iva wusste, welche Erinnerungen sie meinte, und sie konnte es verstehen.

»Alles klar«, sagte sie, »ich kann das verstehen, aber trotzdem müssen wir uns langsam mal überlegen, wie wir euch jetzt wieder nach Hause kriegen, okay?«

Die vier antworteten nicht, sie sahen Iva nur an.

Tarik legte seinen Arm um Malin.

Klick Klick

Iva und Richard an Deck, rauchend.

Kann ich das bitte nochmal sehen?
Nein, ist gut jetzt.

vier Wochen zuvor, auf dem Grund des Ozeans, in einer Art Unterwasseramphitheater, in einer Art versunkener Stadt, vielleicht Atlantis, es schwimmen Fische durchs Bild, kleine, große, bunte, ein paar Schiffe oder eher Boote liegen verstreut im Sand herum, die Ränge des Amphitheaters sind komplett besetzt, und auch auf der Bühne überall: sie

ich kann das nicht LEIDEN

ich AUCH nicht

ich weiß

ich weiß nicht

ich finde das nicht SO schlimm

ich schon
das ist doch eine UNVERSCHÄMTHEIT
der spinnt doch
der weiß wohl nicht
mit wem er es hier zu TUN hat

also
WENN es so war
wie ihr sagt

doch

doch

es WAR so

es war DEFINITIV so

was WAR denn überhaupt
was ist denn genau PASSIERT

hallo
könnt ihr euch mal KONZENTRIEREN
ich war doch dabei

ja
ich auch
aber wo wart IHR denn

was war nochmal

HIMMEL
synchronisiert euch BITTE

PARDON
es ist halt auch immer so viel zu TUN
da kann man doch auch mal nicht GANZ
bei der Sache sein

ich hatte hier einen TSUNAMI zu verwalten
wer von euch WAR das eigentlich schon wieder

wieso

Tsunami ist doch SUPER

klar
dass DU das jetzt sagst

mein Krokodil liegt schief

okay
SAMMELN bitte
dann sehen wir alle
WAS WAR

Moment
ich muss noch kurz einen Sturm machen

wartet
ich muss noch die Seeleute retten

Sekunde
ich muss ein Kind fressen

oh nein
dahinten kommt schon wieder Skylla

also
wie WAR das denn jetzt genau
und HÖRST du vielleicht mal AUF mit den WELLEN

es war so:

Die drei Männer saßen zu dritt an der Bar. Draußen vor den Fenstern türmte sich das dunkle Wasser in der werweißwievielten Nacht in Folge auf fünf, sechs, sieben Metern, der Nordatlantik war richtig in Fahrt, überall standen Schaumkronen, das Schiff rollte stabil.

Flavio und Mo tranken Bier von den Färöern, Tarik hatte einen dieser undurchsichtigen Rum-Cocktails vor sich, irgendwas mit *Dark and* und er war mit der Barfrau beschäftigt. Er hatte sie schon die ganze Woche über interessant gefunden, aber jetzt fand er sie mehr als interessant, er war kaum mehr in der Lage, sie nicht anzusehen.

Sie war heute so groß.

Und ihre Hände waren gestern noch auffällig zierlich und schmal gewesen, jetzt sahen sie nach enormer Kraft aus, an ihren Fingern steckten große, glitzernde Ringe. Ihre langen Locken hatten einen merkwürdigen blauen Schimmer, oder war das lila, und ihre Saphiraugen, waren die nicht eigentlich braun? Sie trug ein flammend rotes Kleid, viele leicht durchsichtige Lagen übereinander. Komplizierter, irritierend tiefer Ausschnitt. Das Kleid floss um ihren Körper.

Sie sah Tarik in die Augen.

In seinem Kopf machte es plopp, etwas war gerade geplatzt.

Jetzt halt mal die Luft an, dachte er, als er das Platzen spürte. Klar ist die scharf, dachte er, aber die war die ganze Woche schon scharf gewesen, und das hast du ohne Probleme weggesteckt, sowas steckt man doch einfach weg.

Und zu Hause gab es Malin, da muss jetzt nicht direkt was platzen.

»Kann ich noch so einen«, sagte er, etwas stumpf in der Birne, aber er wollte halt irgendwas sagen, auch um zu sehen, ob das Reden noch ging, mit der Platzwunde im Gehirn.

Er hielt sein Glas in die Luft.

Sie griff nach dem Glas, und als sie es anfasste, wurde es kurz heiß, es glühte durch bis zu seinen Fingern, dann nahm sie ein frisches Glas, drehte sich zum Gefrierschrank um und füllte es mit Eiswürfeln, streckte die Hand mühelos zum obersten Regalboden aus, wuchs dem Rum richtig entgegen. Jetzt sah sie Tarik frontal an.

Er hatte gar nicht mitgekriegt, dass sie sich ihm wieder zugewandt hatte. Ihre Augen waren bernsteinfarben, ihr Haar schimmerte rötlich. Was zum Teufel – er schaute zu Mo und Flavio rüber, die schienen gar nicht zu bemerken, was die Barfrau da für ein Ding abzog.

Oder es war ihnen egal. Sie waren abgetaucht in ihrem Bier und irgendeiner Partyfickgeschichte aus dem letzten Sommer.

Gleich neben dem Ausgang auf einer Couch in der Ecke knutschte ein Pärchen, sonst war niemand mehr da. Es war kurz nach eins.

Die Barfrau schob ihm seinen Drink hin und lächelte oder auch nicht, er war sich nicht sicher, ihre Haare waren blond.

»Wer bist du, ey«, sagte er.

»Macht neunzig Kronen.«

Tarik legte seine Kreditkarte auf den Tresen. Sie fasste die Karte an, die Karte schimmerte silbrig und verflüssigte sich für einen Moment.

Das Pärchen stand auf und verschwand.

Seine Freunde redeten.

Das Schiff rollte.

Nichts war mehr im Rahmen.

»Ich will mit dir ins Bett«, sagte er und berührte die Hand der Barfrau.

Als würde er in einen Fluss fassen.

Sie machte einen Schritt zurück und stand gut fünf Meter von ihm entfernt, obwohl der Gang zwischen Tresen und Regal nur einen knappen Meter breit war. Auf ihrer Stirn tanzten ein paar Wolken, richtige, echte Wolken.

»Ich will mit dir ins Bett«, sagte er nochmal.

Es klang gepresst, kam mit Druck.

»Verpiss dich«, sagte sie. »Los, hau ab.«

Ihre Stimme war in einem Loch in der Tiefsee gemacht worden.

Nein, dachte Tarik, auf gar keinen Fall. Ich geh hier nicht weg. Es sei denn, du kommst mit.

»Nein«, sagt er. »Nein. Mich wirst du nicht mehr los. Nie wieder.«

Seine Freunde waren still geworden.

Sie redeten nicht mehr, sie bewegten sich nicht mehr, sie waren eingefroren.

Die Barfrau starrte ihn an, ihre Haare lagen in struppigen blauen Strähnen auf ihren Schultern, ihr Kleid war einem verschlissenen, hellroten Bademantel gewichen, sie war klein und groß zugleich und wieder klein und wieder groß und ihre violetten Augen funkelten.

»Idiot«, sagte sie.

Dann fielen die Gläser um.

Nochmal der transatlantische Tresen, jetzt ist da aber kein Sonnenuntergang mehr, jetzt ist da ein Gewitter, direkt über den Köpfen deren, die am Tresen sitzen: sie.

na ja GUT
DAS geht natürlich zu WEIT
da MUSSTE man was machen
klar

ja
UNBEDINGT

ja
jetzt sehe ich es auch

auf jeden Fall
JA

ich auch

ich AUCH

gottVERDAMMT

aber HALLO

was die sich manchmal RAUSNEHMEN
wo haben die das HER
wie kommen die darauf
dass sie das DÜRFEN

also wirklich

wer war denn alles dabei
von unserer Seite
waren wir VIELE

nein
wir waren höchstens FÜNF oder zehn
ist ja meistens gar nicht SO wahnsinnig spannend da

ja
eigentlich reicht es
wenn alle paar SEKUNDEN
mal EINE von uns reinschaut
alle paar TAGE
aber wenn einer sich DERMASSEN aufführt
dann muss man schon mal

JA
dann MUSS man

hm
jetzt sind die halt DA

na ja
macht ja nichts
geht uns ja nichts an
sind es eben drei MEHR
ist ja auch nicht das ERSTE Mal

aber ist schon immer wieder interessant DANN
jetzt vielleicht doch ÖFTER mal reinschauen
die nächsten MINUTEN

ich mach das

ICH kann das machen

ich HAB eben schon

ich auch
haha

musste der KAPITÄN wieder dran GLAUBEN
oder was
du MONSTER

ich will eigentlich
AUFHÖREN damit
mir ist SOWIESO ein bisschen schlecht
ich muss WIRKLICH mal aufhören

DU musst vor allem mal aufhören
SEEMÄNNER zu essen

jetzt lass sie doch

stört doch niemanden

stopp mal alle

mal ALLE den Mund halten

Mund halten

bitte

was ist los

Schneesturm vor Grönland

und Sedna kämmt sich den Dreck aus den Haaren

was hat sie denn

vermutlich ÄRGER
aber ach
ist schon vorbei
es ist schon wieder weg
sie ist schon wieder hier

hey Sedna

hey na

war was

nein
nichts

wo ist eigentlich Lí Ban

sie badet in LACHSÖL
irgendwo vor der irischen Küste

LÍ BA-HAN

sorry
ich BADE

Cuba Libre

Sie hatten den ganzen Tag an Deck gesessen, im Wind und im Wetter, und sie sind einmal durch ihre komplette Freundschaft gewandert, von der Zeit in der gemeinsamen Wohnung am Fluss bis zu dem Moment, in dem sie sich jetzt befanden und der mit einem Abschied enden würde.

»Du kannst es doch machen wie Ola«, sagte Malin, »du besuchst mich einfach, wann immer du willst. Offenbar geht das ja.«

»Klar«, sagte Iva. »Ich besuch dich auf deinem Zombieschiff.« Sie hielt ihr Gesicht in die kalte Luft. »Das glaubst du doch selber nicht.«

»Erstmal müssen sie mich nehmen.«

»Wenn sie einen Idioten wie Mo genommen haben, nehmen sie dich dreimal«, sagte Iva.

»Die Frage ist«, sagte Malin, »was genau *sie* eigentlich heißt, also: Mit wem muss ich ins Bett gehen, um verflucht zu werden?«

»Wenn ich die Jungs richtig verstanden habe, war es die Barfrau.«

»Ja«, sagte Malin, »die mixt den Zaubertrank. Oder was auch immer.«

Es war kein Zaubertrank, es war auch kein ausgesprochener Fluch, es gab weder Donner noch Blitzschlag, es gab keinen Nebel und kein gleißendes Licht, es war nichts von all dem dabei, was sie erwartet hatten, es war einfach nur ein Blick. Wenn überhaupt.

Malin hatte die Barfrau angesprochen. Sie hatte bewusst auf Tariks Begleitung verzichtet, sie wollte es ganz für sich und nur für sich.

Die Barfrau hatte ihr zugehört, es hatte aber nicht lang gedauert, nach zwei, drei Minuten Gespräch war Malin da, wo sie hinwollte, und die Barfrau, die offensichtlich keine große Lust hatte, viel in die Sache zu investieren, sagte: »Okay. Klar. Kein Problem.«

Sie sah den Freundinnen einen Moment länger als nötig in die Augen, und dann fragte sie, was sie denn jetzt trinken wollten.

Malin atmete tief ein und wieder aus und bestellte zwei Cuba Libre.

Iva spürte in jeder Faser ihres Körpers, dass irgendwas entsetzlich schiefgegangen war.

Das Innere eines Büros, in irgendeinem langweiligen Verwaltungsgebäude. Mehrere Schreibtische, sie stehen dicht beieinander, wie in einem dieser Schreibpools, aber sie sehen auch aus wie direkt aus der Chefabteilung geklaut. Hinter den Schreibtischen sitzen, mit den Füßen im sanft plätschernden Wasser, das den gesamten Boden des Büros bedeckt: sie.

was war DAS denn jetzt
könnt ihr bitte mal besser AUFPASSEN
seit wann verhaften wir FRAUEN
wenn sie das nicht wollen

es war ein Versehen
ist doch nicht schlimm
und was ist denn falsch an einem Leben auf See

NA JA

Vielleicht rennen und klettern

Iva setzte sich auf ihre Reisetasche. Beim siebten Versuch, das Schiff zu verlassen, hatte sie aufgehört zu zählen. Auf ihren Schultern lag die Erschöpfung wie eine schwarze Decke, das Telefon lag tot in ihrer Hand. Sie war nur wenige Meter vom Festland entfernt, und die paar hundert Kilometer Dänemark, die sie von zu Hause trennten, waren geografisch nichts gegen die Reise, die sie hinter sich hatte, aber gefühlt nahmen sie gerade die Größe eines Kontinents an, einer ganzen Welt, einer Galaxie.

Das kann doch nicht sein, dachte sie, das kann doch einfach nicht sein.

Auf ihre Jacke tropften ein paar Tränen.

Lilo.

Sie versprach dem Universum alles Mögliche, wenn sie nur nach Hause zu ihrer Tochter durfte, aber das Universum interessierte sich einen Scheiß für ihr Flehen. Noch zwei Stunden, dann würde die Rjúkandi wieder ablegen, und bald wären sie zurück auf dem offenen Meer. Iva wischte sich die Tränen ab und zog die Nase hoch.

»Okay«, sagte sie, stand auf, atmete tief ein und wieder aus. Wenn sie über die Gangway nicht rauskam, musste sie es eben anders versuchen. Sie schob ihre Tasche unter eine dieser Bänke vorm Bordshop, ohne das schwere Ding auf dem Rücken war sie beweglicher. Ihr war klar, dass es ungemütlich werden könnte, und vermutlich würde sie rennen oder klettern müssen.

22. November 2014

Wie sie da an der Gangway steht und es einfach nicht glauben kann.

Wie sie wieder und wieder die Tür öffnet, für ein paar Sekunden verschwindet und dann durch die gleiche Tür zurück aufs Schiff kommt.

Das geht am Anfang natürlich allen so, und bei den drei Typen zum Beispiel war es auch ein bisschen lustig gewesen, sich das auf den Überwachungsmonitoren anzusehen, aber bei ihr
zerschellt mir das Herz
in seinem Käfig

Rückwärtsgang

Sie öffnete die Tür zum Treppenhaus und arbeitete sich Stufe um Stufe, Ebene um Ebene nach unten zum Autodeck. Jetzt nur nicht im Fahrstuhl steckenbleiben. Der Stahl unter ihren Füßen war nass und rutschig und quietschte bei jedem Schritt, es roch nach Diesel und Dreck, und je tiefer sie in den Bauch der Fähre stieg, desto mehr roch es auch nach altem Fisch.

Der Geruch von: sich aus dem Staub machen.

Das miese Gefühl, sich nicht von Malin verabschiedet zu haben.

Aber Malin war nicht da, sie hatte sie nirgends finden können.

Die Tür zu Deck 3 war groß und schwer, und sie leuchtete tiefrot. Iva drückte sie auf, jetzt wurde ihr richtig schlecht von der Mischung aus Diesel und Fischabfällen. Hier unten hatte die Rjúkandi jede Wärme verloren, es war kalt, der Wind pfiff in die parkhausgroße, neonhelle Halle. Das Autodeck war leer. Kein einziges Fahrzeug. Und es war niemand da, der sie hätte aufhalten können.

Die überdimensionale Klappe aus Stahl war runtergelassen, Iva würde also nur rauslaufen müssen. Sie hielt sich trotzdem dicht an der Wand und näherte sich Schritt für Schritt und Meter für Meter dem riesigen Loch zwischen Schiffsbauch und dänischem Festland.

Dann stand sie auf der Rampe nach draußen, über ihr der Himmel, die Wolken, die Möwen. Sie atmete ein und – es funktionierte nicht.

Es war wie in einem dieser Träume, in denen sie versuchte, vom Fleck zu kommen, ihre Füße aber am Boden festgeklebt waren. Was soll das, dachte sie, was soll der Scheiß, und sie legte all ihre Kraft in ihre Beine, erst in ihr rechtes Bein, dann in ihr linkes. Aber sie konnte sich nicht vorwärtsbewegen, es war unmöglich.

Sie machte ein paar Schritte rückwärts, das war kein Problem.

Rauf aufs Schiff ging.

Runter vom Schiff ging nicht.

»Was zur Hölle«, sagte sie.

Sie sah sich um. Immer noch niemand hier.

Okay.

Wieder lief sie die paar Meter bis zum unsichtbaren Rand, bis zu der offenbar nur für sie aufgebauten Grenze. Und wieder klebten ihre Füße am Stahl.

Oder waren es nur ihre Stiefel?

Die Frage erübrigte sich, sie kam nicht raus aus den Dingern. Sie machte die Augen zu.

Nerven behalten und durchatmen.

Dann ging sie in die Knie, stützte sich mit den Händen ab. Wenn vielleicht die Füße das Problem waren: einfach hinlegen und robben oder rollen oder was auch immer?

Es war alles vergeblich.

22. November 2014

Warum hab ich das nicht verhindert, warum war ich nicht da, warum machen die das

ich stehe ganz vorne am Bug
direkt über dem Wasser
und rauche eine Zigarette

muss nachdenken

Nordic Suite

Iva fluchte leise. Verdammtes Schiff. Sie machte sich wieder auf den Weg nach oben, und am Ende eines langen Gangs auf Deck 6 öffnete sie die Tür, auf der »Kein Zutritt für Passagiere« stand. Sie hatte erwartet, dass ein Alarm losgehen würde, aber die Tür machte nur ein hartes Geräusch. Als wäre sie seit Jahrzehnten nicht aus ihrem Rahmen gedrückt worden. Als würde es weh tun.

Der Gang war kalt und glitschig.

Vorne rechts hingen drei hellrote Rettungsboote, zwei große und ein kleines. Sie wirkten wie Dekoration, als würden sie nicht wirklich gebraucht.

Das wollen wir erstmal sehen, dachte Iva. Das kleine Boot würde ihres sein, mehr brauchte sie nicht. Sie lief hin, blieb stehen, inspizierte die schweren Ketten, mit denen die Boote befestigt waren. Sie sah die Schlösser, und ihr Mut verzog sich. Sie hatte so sehr gehofft, nicht springen zu müssen. Aber die Schlösser waren unknackbar.

»Okay«, sagte sie, »dann eben so«, und zog ihre Jacke aus und ihre Schuhe, ihren dicken Pulli und ihre Jeans, ihre Strümpfe.

Sie stand in Unterwäsche an der Reling, barfuß.

Sie kletterte rauf.

Drei, zwei, eins.

Und sprang.

Tausend Nadeln in ihrer Haut, dann erst fühlte sie die Kälte, sie erstarrte, ihr Herzschlag stolperte, und schon lag sie nass hinter der Reling und zitterte.

»Arschlochschiff.«

Sie zog sich an der Reling hoch, kletterte rauf, sprang.

Klatsch. Starre. Herzstillstand. Schiffsboden.

»Na und«, sagte sie, »leck mich.«

Hoch, rauf, runter.

Wasser, Frost, Stiche, Stopp, Stahl.

»Verdammte Scheiße«, sie stöhnte, sie suchte in den Ecken ihres Körpers nach einem Rest von Kraft, »und wenn ich gleich tot bin«, sagte sie, und da zog sie jemand vom Boden hoch und legte ihr eine schwere Jacke um die Schultern und hielt sie fest. Der Widerstand wich aus ihrem System.

»Was machst du denn da?«

Sie konnte nicht antworten, sie konnte ja kaum atmen.

Er trug sie weg von der Reling, weg vom Meer und runter vom Gang, durch die Tür, zurück ins Schiff, er trug sie hoch zu Deck 8 und in seine Kabine, da legte er sie in sein Bett und deckte sie zu, wickelte sie ein in warme Sachen, in Daunen und Wolle und mehrere Lagen, er setzte Wasser auf für Wärmflaschen und Tee, und er legte sich neben sie, in voller Montur aus Uniform und Kummer und dem Geruch nach Diesel und Salzwasser und Zigaretten.

Als Iva aufwachte, hatte sie keine Ahnung, wie lang sie geschlafen hatte, aber sie wusste, dass sie auf dem offenen Meer war. Das Schiff schaukelte über vier Meter hohe Wellen. Richard lag neben ihr, in sicherer Entfernung, seine Augen waren geschlossen, seine rechte Hand hielt ihre. Er trug nur ein T-Shirt unter der Uniformjacke, seinen dicken weißen Rollkragenpullover hatte sie an.

»Was bist du eigentlich?«, flüsterte sie.

»Hab ich vergessen«, sagte er. Die Augen hielt er weiter geschlossen, ihre Hand lag immer noch in seiner.

»Nimm mich in den Arm, du Vollidiot.«

»Geht nicht«, sagte er.

Seine Augenbrauen zogen sich ein bisschen zusammen, seine Lider zuckten, seine Lippen waren entspannt, seine Wangen bartschattig.

»Mir ist überhaupt nicht mehr kalt«, sagte Iva.

»Ja«, sagte Richard, »das mit dem Frieren hat sich jetzt für dich erledigt.«

Sie wusste nicht genau, was er meinte, sie strich ihm eine Haarsträhne aus der Stirn.

Er sah sie an.

»Mach das nicht, bitte.«

»Wieso denn nicht?«

Er stand auf, etwas zu schnell, und der Moment zerbrach.

»Ich wollte ja heißen Tee machen«, sagte er.

»Heißer Whisky wäre mir lieber«, sagte sie.

»Auch gut«, sagte er, nahm den Wasserkocher von seiner Station, ging am Bett vorbei ins Bad, sie hörte, wie er Wasser wegschüttete. Dann kam er mit dem leeren Gerät wieder raus, holte eine Flasche Whisky aus einem kleinen Schrank unter dem Schreibtisch, goss etwas von der goldenen Flüssigkeit in den Kocher, schaltete ihn ein und stellte sich ans Fenster.

Die Kapitänskabine hatte tatsächlich richtige Fenster, also nicht einfach nur ein etwas größeres Bullauge wie Ivas Kabine, sondern zwei vollwertige, bodentiefe Scheiben, vor den Fenstern lag sogar noch ein schmaler Balkon. Wozu braucht er denn einen Balkon, dachte Iva, bei dem Wetter, aber dann fiel ihr ein, dass die Rjúkandi ja auch im Sommer unterwegs war, und so düster und schwer, wie der Himmel im November über dem Meer hing, so hell und leicht konnte er vermutlich im Juni sein.

Sie setzte sich auf, lehnte sich mit dem Rücken an die Wand, zog die Beine an und die Bettdecke ein bisschen höher und sah sich um.

Die Kabine war der Kracher.

Vom Bett aus konnte sie durch ein großes Bullauge ins Wohnzimmer schauen, eine Art drittes Zimmer verband Wohn- und Schlafraum miteinander, in diesem dritten Zimmer stand ein schmaler Schreibtisch, und auf dem Schreibtisch standen eine Kaffeemaschine und der Wasserkocher, in der Ecke gab es einen kleinen Kühlschrank. Alles war aus schimmerndem Holz und glänzendem Messing, die Couch im Wohnzimmer war mit braunem Leder bezogen, die Lampen an den Wänden schienen aus den Sechzigern zu sein und warfen eine Art Sonnenfinsternislicht in den Raum.

Es war eindeutig die Kapitänskabine.

»Es ist die Nordic Suite«, sagte Richard. »Hab ich mir irgendwann unter den Nagel gerissen. Früher haben wir die für viel Geld an reiche Passagiere vermietet, aber jetzt ist sie eben für immer besetzt, und Geld brauchen wir ja nicht.«

»Braucht ihr nicht?«

Er goß den warmen Whisky in zwei dickwandige Gläser, setzte sich zu Iva auf die Bettkante und drückte ihr ein Glas in die Hand.

»Du musst nicht den Arzt spielen. Ich fühl mich überhaupt nicht krank.«

»Du wirst dich nie wieder krank fühlen, Iva.«

Was redet er da, dachte sie, und dann trank sie einen Schluck von dem dampfenden Alkohol und noch einen und noch einen, sie trank wie ein Kind, und alles stellte sich hinten an, Gedanken und Fragen zum Beispiel.

Sie schaute zu den großen Fenstern, an denen Richard

eben noch gestanden hatte, es war die Steuerbordseite, draußen glitzerten die Lichter der norwegischen Küste.

»Wir sind wieder auf dem Weg zu den Färöern, oder?«

»Ja«, sagte er, »das sind wir.«

»Warum konnte ich in Dänemark das Schiff nicht verlassen?«

»Es ist nicht meine Schuld, falls du das meinst.«

»Schuld interessiert mich nicht, Richard«, sagte sie. »Ich will nur wissen, wie ich hier runterkomme. In Torshavn muss ich von Bord.«

»Das wird nicht funktionieren, Iva. Und es tut mir aufrichtig leid.«

»Wie«, sagte sie, »das wird nicht funktionieren? Ich muss nach Hause, so schnell wie möglich. Auf den Färöern gibt's doch einen Flughafen?« Sie trank einen Schluck von ihrem warmen Whisky. »Oder ich fliege einfach von Reykjavík.«

Richard sah sie an. Er sagte nichts.

»Spätestens in Island muss ich hier runter, Richard.«

Sie hatte das Whiskyglas auf den kleinen Tisch neben dem Bett gestellt, ihre Finger umklammerten jetzt den Rand der Decke, sie merkte es erst, als sie nicht mehr in der Lage war, ihre Fäuste zu öffnen. Ihr Kiefer krampfte. Richard legte seine Hände auf ihre.

Sie atmete durch und sah ihn an.

»Wir kriegen mich hier also nicht runter.«

Er nickte.

»Verstehe.«

»Was genau verstehst du?«

»Dass ich offenbar bis auf weiteres festsitze«, sagte sie. »So wie Tarik und Mo und Flavio und Malin.«

»So wie ich«, sagte Richard.

»Ja, aber ihr habt euch das selbst ausgesucht, oder? Also Malin hat es sich ausgesucht. Klar, die Jungs jetzt nicht so direkt, aber sie scheinen ja trotzdem ganz glücklich damit zu sein.«

»Es ist leicht, hier glücklich zu sein, du wirst es merken.«

Er stand auf und lehnte sich neben dem Bett an die Kabinenwand.

»Es ist wirklich ganz einfach.«

Iva spürte irgendwas, aber es kam eher scheibchenweise bei ihr an als im Paket.

»Hast du es dir ausgesucht, Richard?«

»Ja«, sagte er, »ist lange her. Und so richtig freiwillig war es nicht.«

Iva klopfte mit der Hand auf den freien Platz neben sich.

»Komm. Erzähl.«

Sie saßen nebeneinander auf seinem Bett. Die Lichter hatten sie ausgemacht, bis auf die eine Wandlampe im Wohnzimmer. Sie warf einen dunklen Schimmer in die Kabine und durchs Fenster raus auf den Balkon über den Wellen. Das Schiff bewegte sich langsam auf und ab. Als würde es atmen.

Richard hatte eine große, bauchige Flasche auf dem Schoß, die er ein paar Minuten zuvor aus dem Schrank unter seinem Schreibtisch geholt hatte. Die Flasche leuchtete ganz zart von innen, das Leuchten pulsierte. In der Flasche lag ein Schiff.

Iva fuhr mit der Hand über das glatte Glas.

»Ein Modell der Rjúkandi«, sagte sie.

»Es ist kein Modell«, sagte Richard.

Iva sah ihn an.

»Was ist es dann?«

»Ich weiß es nicht genau, und ich hab aufgehört, es verstehen zu wollen.«

»Wer hat es dir gegeben?«

»Niemand«, sagte er. »Es war einfach irgendwann da, und seitdem passe ich darauf auf.«

»Weil du der Kapitän bist«, sagte Iva und machte ein wichtiges Gesicht.

»Du nimmst mich nicht ernst.«

»Doch, doch, das tu ich.« Iva versuchte, ein Grinsen wegzudrücken. »Aber, na ja, Richard, es ist ein Buddelschiff. Und wahrscheinlich hat es einfach ein paar Batterien im Bauch, damit es so schön leuchtet.«

Die Flasche vibrierte, Iva nahm ihre Hand vom Glas.

»Was war das?«

»Vielleicht hast du es beleidigt?«

»So ein Bullshit«, sagte sie.

»Es kann erzählen«, sagte Richard.

»Was genau kann es denn erzählen? Wie es ist, ein Schiff zu sein?«

Er nahm die Flasche mit der Rjúkandi und legte sie in ihren Schoß, in ihre Hände. Das Leuchten im Innern wurde stärker. Unruhig.

»Mach auf«, sagte er.

Iva war sich nicht sicher, ob sie es wirklich wissen wollte. Hinter manche Art von Wissen gibt es kein Zurück.

Kein: Das glaub ich jetzt nicht.

Kein: Ach, egal.

Und doch zog sie den Korken aus der Flasche, es ging ganz leicht, sie griff nach Richards Hand, ihr wurde heiß, es roch nach Diesel, sie hörte ein Ächzen, ein Stampfen, ein Grollen, vor ihren Augen tauchte glänzender Stahl auf, überall, sie sah ein Gewitter aus unendlich vielen Silbertönen.

»Wo sind wir?«, fragte sie.

Richards Stimme war leise und schien aus der Ferne zu kommen: »In einem Maschinenraum, auf einem sehr großen Schiff. Du kannst aber noch weiter zurückgehen in der Zeit. Wenn du willst.«

»Wie?«, fragte sie und atmete den Dieselgeruch ein.

»Geh einfach rückwärts. Du musst es nur wollen.«

Sie wollte, und der Film spulte zurück, im Zeitraffer, es ging zu schnell, um einzelne Bilder festzuhalten, ihr war, als hätte es einen Moment der Katastrophe gegeben, aber da war das Gefühl auch schon wieder weg.

Und dann sah sie einen jungen Mann an einem Hafen stehen, umgeben von Spaziergängerinnen und Spaziergängern am Pier. Paare, Familien, Kinder rannten durch die Gegend, Leute riefen Namen, Schiffe stießen Dampf aus und überall pfiff und dröhnte es. Der Himmel hing voller Wolken und Wellen, alles bewegte sich. Der junge Mann stand mit dem Rücken zu ihr, sie sah seine Schultern, seinen kräftigen Nacken, seine dunklen, weichen Haare unter einer blauen Wollmütze, in der linken Hand hielt er eine Zigarette, er schaute aufs Wasser.

»Wow«, sagte Iva, »das bist ja du.«

Richard nickte.

»Wo ist das?«

»In Liverpool«, sagte die leise Richardstimme, »am Mersey, der Fluss fließt in die Irische See. Da bin ich aufgewachsen.«

»Wo da genau?«

»Scotland Road. Enge, dunkle Häuser, kalte Zimmer. Arbeiterklasse.«

Und was hast du gemacht an dem Tag am Hafen, dachte sie, und der junge Mann drehte sich um, und jetzt sah sie auch sein Gesicht. Der junge Richard war nur geringfügig jünger als der Richard, der jetzt hier neben ihr oder weit weg hier neben ihr auf dem Bett saß, und er ging in eine der flachen Bauten aus Backstein und Stahl am Hafen, sie folgte ihm in ein schäbiges oder eher improvisiertes Büro mit einem Schreibtisch, er sprach eine Weile mit ein paar Männern, dann nickten sich alle zu, und der Liverpool-Richard setzte seine Unterschrift auf ein Stück Papier und auch auf ein zweites, das faltete er zusammen, steckte es in die Hosentasche und verließ das Büro und den Backsteinbau und ging offenbar spazieren, und der Ort veränderte sich.

Er wurde zu einem anderen Ort, zu einem langen Pier mit einer Abfertigungshalle.

Dann kam ein Schiff ins Bild. Riesig, brandneu, majestätisch, der schwarze Kiel war gigantisch, die vier Schornsteine stießen Dampf aus.

»Ist das die Titanic, Richard?«

»Ja, das ist sie.«

Hast du da etwa, wollte Iva ihn fragen, bist du da etwa, aber da sah sie ihn auch schon auf der unteren Gangway, mit einem Seesack auf dem Rücken. Er trug Seemannskleidung, dunkelblaue Hosen, einen dunkelblauen, dicken Pullover mit einer weißen Schrift auf der Brust, seine blaue Strickmütze auf dem Kopf.

Der Pier war noch ziemlich leer, es waren kaum Passagiere zu sehen, alles schien mehr ein unbeteiligtes Herumlungern von Arbeitern und einfachen Leuten auf geschnürten Bündeln zu sein. Richard verschwand im Schiffsrumpf, ein paar Tage vergingen im Zeitraffer, und dann wurde eine Etage höher die Gangway für die erste Klasse ausgefahren, und dann waren da Menschen, Menschen, Menschen.

Sie liefen über beide Gangways, über die untere und die obere. Sie standen dicht gedrängt am Pier, sie waren eine Gemengelage aus Hüten und Kleidern und Anzügen und Gepäck, es war nicht zu erkennen, wer an Bord gehen würde, wer zum Abschiednehmen gekommen war und wer einfach nur auf keinen Fall das Spektakel verpassen wollte.

Aus den Schornsteinen der Titanic stieg dicker Rauch auf, der Ozeanriese war kurz davor, abzulegen.

Ivas Herz zog sich zusammen.

»Ich glaub's nicht«, sagte sie und begriff jetzt, woher das Katastrophengefühl in den zu schnellen Bildern von eben gekommen war.

Sie brauchte eine Pause und sah Richard an, aber den, der neben ihr saß.

Plötzlich war er ganz nah.

»Ich meine«, flüsterte sie »das ist die fucking Titanic. Die wird von einem Eisberg aufgeschlitzt und geht unter.«

Richard nickte.

»Und du warst da ... also ... du hast da an Bord ... gearbeitet ...?«

»Ja, ich war Able Seaman, einer von neunundzwanzig.«

»Ein was Seaman?«

»Able Seaman«, sagte er. »Wir waren für die Rettungsboote zuständig.«

»Deshalb hast du das überlebt.«

»Ja. Sechs von uns haben es überlebt.«

Iva konnte die Wärme seines Gesichts spüren. Ihr wurde schwindelig, sie rutschte ein Stück weg.

»Können wir bitte eine rauchen gehen?«

Sie standen nebeneinander auf dem Balkon der Kapitänskabine und rauchten in die Dunkelheit, Iva nahm seine Hand.

»Das geht doch. Oder?«

Die Hand war warm und rau.

»Keine Ahnung«, sagte er. »Aber bisher ist es ja gutgegangen. Es ist nichts explodiert oder so.«

»Wird schon schiefgehen«, sagte sie.

»Das wird es auf jeden Fall«, sagte er und zog an seiner Zigarette.

Später, zurück auf Richards Bett und mit dem Buddelschiff in den Händen, war Iva auch wieder zurück auf der Titanic, in der ersten Klasse.

Überall teure, glänzende Stoffe.

Die berühmte Treppe.

Der Kronleuchter.

Das Dienstbotengeschwader.

Es roch nach Licht und Parfum und leichtem Leben.

Sie warf einen Blick in die zweite Klasse. Auch da war es noch luxuriös genug, wo ist denn hier bitte irgendwas zweitklassig, dachte Iva, aber dann ging es runter in die dritte Klasse, in die Mehrpersonenkabinen und Schlafräume, und in die vielleicht einzige gute Kneipe an Bord, es wurde viel getrunken und getanzt und gehustet, und dann kamen der Eisberg und das Eiswasser, und die Schieflage setzte ein.

Das Absinken des Bugs.

Die Panik.

Die Schreie.

Iva sah den jungen Richard, wie er an Deck stand und auf eine Frau einredete, sie schien eher eine Passagierin der dritten Klasse zu sein als der zweiten, erster Klasse fuhr sie auf keinen Fall, ihr Kleid sah zerschlissen aus. Die Frau schüttelte beharrlich den Kopf. Er versuchte es weiter. Die Frau sagte weiter nein.

Ein hölzernes Rettungsboot wurde zu Wasser gelassen.

Als es auf dem reglosen Nordatlantik lag, stand Richard mit einer Lampe am Heck, im Boot saßen elegante Frauen und Kinder und vielleicht noch zweieinhalb Männer, die Erwachsenen ruderten weg vom Schiff.

Oben an der schiefen Reling der Titanic stand die Frau, die sich partout nicht hatte retten lassen wollen. Ihr Dutt war gelöst, ihre roten Locken fielen ihr ins Gesicht, ihre Augen glänzten, sie war groß und zart, und es war windstill. Neben ihr stand jetzt ein Junge, oder vielleicht war er auch ein sehr junger Mann. Er trug ein Hemd, eine Jacke aus Tweed und eine Schiebermütze. Richard sah die beiden vom Wasser aus an und presste die Lippen aufeinander.

»Warum steigt sie nicht ein«, sagte Iva, »warum bleibt sie da oben stehen, das ist ja furchtbar.«

»Ihr Sohn«, sagte Richard. »Er ist fünfzehn. Er gehört zu den Männern.«

»Und in die Rettungsboote durften nur Frauen und Kinder«, sagte Iva.

»Ja, nur Frauen und Kinder«, sagte Richard.

»Das wird ja immer furchtbarer.«

»Hast du Kinder?«

»Eine Tochter«, sagte sie, »Lilo.«

»Wie alt ist sie?«

»Gerade neun geworden, im Oktober.«

Richard sah sie an.

»Ich hatte zwei Söhne.«

Hatte, dachte Iva.

Das mit der Zeitebene war vielleicht kompliziert, aber manches war auch sehr leicht zu begreifen.

»Was ist mit der Frau an der Reling passiert?«

»Sie ist mit dem Schiff untergegangen«, sagte Richard.

»Scheiße«, sagte Iva.

»Ja«, sagte er, und in der Flasche sah sie ihn jetzt hinter einem Fenster stehen und rausschauen auf eine Straße. Auf der Straße stand eine Frau in Hut und Mantel, links von ihr standen zwei Koffer. Auf ihrer linken Hüfte saß ein kleines Kind, es weinte. An ihrer rechten Hand hatte sie einen Jungen im Grundschulalter, er war vielleicht sieben oder acht. Die Frau drehte sich nicht um, sie starrte auf die Backsteinhäuser gegenüber.

Aber der Junge sah immer wieder zu Richards Fenster hoch.

Dann fuhr klappernd ein Wagen vor, jemand machte von innen die Tür auf und nahm die Koffer entgegen, der Junge wurde ins Wageninnere geschoben, ein letzter hilfloser Blick zum Fenster, die Frau mit dem weinenden Kleinkind auf dem Arm stieg ein, Tür zu, aus die Maus, Richard allein zu Haus, und der griff nach einem Glas, aber statt sich was einzuschenken, stellte er es wieder weg und trank den Whisky direkt aus der Flasche.

»Deine Frau …?«, fragte Iva vorsichtig.

»Meine Frau, meine Kinder«, sagte er, und er sah Iva an, sowohl von der Seite als auch aus dem Film heraus, der in der Flasche lief. Sie nahm die Hand des Richards neben ihr, den anderen versuchte sie zu trösten, indem sie zurückschaute.

Manchmal hilft das ja.

Einfach nur da sein, es zusammen aushalten.

»Warum verlassen sie dich?«, fragte sie den doppelten

Richard, und der Vergangenheitsmann antwortete: »Es ist meine Schuld. Es ist alles meine Schuld.«

Iva sah den Richard an, der neben ihr auf dem Bett saß, er zuckte mit den Schultern.

»Wie es eben ist, nach solchen Katastrophen.«

»Du konntest nichts dafür«, sagte sie. »Es war die Schuld des Kapitäns.«

»Der Kapitän, das bin ich.«

»Ich glaube, du bringst hier gerade was durcheinander.«

In der Flasche ging es währenddessen wieder raus aufs Meer, wieder auf ein Schiff, und auch wenn das Schiff älter war als jetzt und ein Dampfschiff und richtig seelenverkäuferhaft, wusste Iva sofort, es war die Rjúkandi.

Als wäre sie verwachsen mit diesem Stahl.

An Deck stand ein Mann, in der Ferne war Land zu sehen, grünes Land, die Sonne stand hoch am Himmel. Der Mann trug Uniform, und auf dem nicht mehr ganz so dunklen, mit Silberstreifen durchzogenen Haar saß eine Kapitänsmütze. Die Hände hatte er in den Hosentaschen.

Die Uniformjacke war offen, sie hing etwas desillusioniert von seinen Schultern, unter dem weißen Hemd spannte sich unübersehbar der schwer gewordene Körper eines früh gealterten Mannes.

»Richard?«

Der Mann drehte sich zu Iva um.

»Den Bauchansatz find ich aber gar nicht so schlecht.«

»Das ist kein Bauch, das ist nur ...«, sagte der Richard neben ihr.

»Das Leben?«, fragte Iva.

»Das Leben mit zu viel Alkohol.«

»Wie alt bist du da?«

»Zweiundsechzig.«

»Und das war – wann genau?«

»1938, im Sommer.«

»Wo seid ihr?«

»Das Stück Land dahinten«, sagte er, »das ist Schottland. Wir haben Edinburgh gerade wieder verlassen.« Die Stimme kam aus der Flasche, vom Deck der alten MS Rjúkandi. »Sie haben meine Passagiere nicht genommen.«

»Wie, sie haben deine Passagiere nicht genommen?«

Der Kapitän, dieser alte, leicht verfettete Richard, zündete sich eine Zigarette an und sah Iva in die Augen, in seinem Blick lag Traurigkeit, vielleicht war es auch Resignation.

Dann verließ er das Deck.

Iva sah den aktuellen Richard an.

»Was war da los in Edinburgh?«

»Die Rjúkandi war ein Schiff voller fliehender Menschen, Iva.«

»Und die Briten haben sie nicht an Land gelassen, oder was?«

»Niemand hat sie an Land gelassen«, sagte er, »wir haben die ganze Atlantikküste abgeklappert, die USA, Südamerika, die afrikanische Westküste. Großbritannien hatten wir an dem Tag schon zum zweiten Mal angelaufen, ein paar Monate zuvor hatten wir es in Southampton versucht. Wir dachten, wenn die Engländer uns nicht reinlassen, dann vielleicht die Schotten.«

»Jetzt versteh ich alles«, sagte Iva.

»Es ging einfach nicht anders«, sagte Richard, und Ivas Aufmerksamkeit ging zurück in die Flasche, zu dem alten Richard, und sie folgte ihm in die Offiziersmesse, die sich kaum verändert hatte im Vergleich zu jener Gin-&-Tonic-Nacht, die sie dort vor ein paar Tagen miteinander verbracht hatten, auf einem anderen Zeitstrahl.

In der Messe saßen ungefähr vierzig Menschen an den im holzvertäfelten, fensterlosen Raum verteilten Tischen. Frauen und Männer und ein paar Kinder, sie saßen eng beieinander, es wurde geredet.

Wie es denn wäre, falls es so wäre.

Was sie tun könnten, damit es passierte.

Welche Möglichkeiten es gäbe, möglicherweise, und welche sonst noch.

Und wenn sie möglicherweise tatsächlich wirklich nie wieder an Land gingen, wenn sie möglicherweise tatsächlich wirklich für immer auf See blieben, wenn sie möglicherweise tatsächlich wirklich einfach nicht mehr mitspielen – würden.

Und wenn sie so das menschenverachtende faschistische Scheißspiel, das da in Europa gerade an Tempo gewann, einfach hinter sich lassen könnten.

Manche sagten, das sei feige.

Manche sagten: Wieso, ich hab total Angst vor dem Schritt.

Eine sagte: Hört mal, es ist vielleicht die einzige Möglichkeit.

Sie redeten viel durcheinander, sie redeten vor allem Deutsch, ein bisschen Französisch war auch dabei, auch Polnisch und hier und da Niederländisch.

Richard, die alte Kapitänsversion, sprach Englisch und ein paar versprengte Brocken von allem anderen, er lief von Tisch zu Tisch, setzte sich mal hierhin, mal dahin, hörte sich an, was die Leute zu sagen hatten, spielte mit den Kindern, mischte sich aber nicht ein.

Als hätte er gar nichts zu entscheiden, als wäre er nur zu Gast auf seinem eigenen Schiff.

Und dann war es offenbar beschlossene Sache.

Die Frau, die Olas Mutter war, stand auf. Sie sah kaum anders aus als die, die Iva in den letzten Tagen in der Bar gesehen hatte, sie leuchtete etwas weniger, sie wirkte ein bisschen erschöpft, so vom Kopf her, und ihre Haare waren im Nacken zu einem Knoten gesteckt. Sie trug ein langes, braunes Kleid unter einer schmalen Strickjacke in der gleichen Farbe, an den Füßen Mary Janes aus hellem Leder.

»Dann frag ich dich jetzt«, sagte sie und sah zur Barfrau, die hinter dem niedrigen Tresen der Offiziersmesse stand.

Die Barfrau war groß, ihre Augen, ihre Haut, ihre Haare schimmerten dunkel, ihr Gesicht trug Zeichen von erfahrener Schönheit.

»Frag mich«, sagte sie.

»Aber wie genau frag ich dich denn«, sagte die Frau, »was muss ich sagen?«

»Es gibt keine Regel«, sagte die Barfrau, »ich muss nur wissen, ob ihr es wirklich wollt. Also eigentlich ist es egal, ich könnte es auch so machen, aber ich mag euch. Ihr habt genug Probleme. Ich will euch nicht in Schwierigkeiten bringen. Ihr müsst selbst entscheiden, ob ihr es macht. Ihr müsst es wollen, ihr müsst es alle zusammen wollen.«

»Wir sind so oder so tot, wenn wir es nicht machen«, sagte ein Mann, »also, wo ist das Risiko«, er hatte das Kinn in die Hände gestützt und eine gewisse Ähnlichkeit mit dem D'Artagnan-Typen von der Pillen-Rezeption.

»Dann steht mal alle auf«, sagte die Barfrau.

Die Leute an den Tischen erhoben sich, eine nach dem anderem.

»Was ist mit den Kindern?«, fragte eine sehr junge Frau, ihr Bauch wölbte sich gewaltig, sie war hochschwanger.

»Kinder ziehe ich nicht mit rein«, sagte die Barfrau, sie nahm einen Schluck von ihrem Bier, »kommt überhaupt nicht in Frage, da lass ich nicht mit mir reden. Die müssen das selbst entscheiden, sobald sie erwachsen sind.«

»Find ich gut«, sagte die Frau mit dem Babybauch.

»Okay«, sagte die Barfrau. »Sollen wir?«

Die Menschen nickten.

»Wer es nicht will, verlässt jetzt bitte den Raum. Möglichst weit weg. Am besten raus an die Luft und ganz nach hinten ans Heck.«

Einer stand auf. Ein großer, breitschultriger Mann, sein Kopf war rasiert, sein Bart war rau, er hatte was von einem Wikinger.

»Ich hab Familie an Land«, sagte er.

»Alles klar, Petur«, sagte die Barfrau, »du musst es nicht erklären, zisch einfach ab, war schön mit dir die letzten Jahre.«

Sie lächelte ihn an, er lächelte zurück, er ging zum Tresen und gab ihr einen langen Kuss auf die Stirn, dann verließ er die Messe.

»Was ist mit dir, Kapitän«, sagte die Barfrau und sah Richard an, der in einer Ecke stand.

»Ich bleibe«, sagte er.

»Du musst nicht«, sagte die Barfrau. »Wir können dich auch ersetzen.«

»Es ist inzwischen vollkommen egal, wo ich bin und wer ich bin«, sagte Richard, »und mein erster Offizier ist eben gegangen. Es ist einfacher für alle, wenn ich an Bord bleibe.«

Die Barfrau fixierte ihn. Als wollte sie ihn unauffällig auf etwas hinweisen.

»Angst wovor«, sagte er.

Sie legte den Kopf schief.

»Wenn du es sagst.«

Dann warf sie einen Blick in die Runde.

»Seid ihr so weit?«

Die Menschen nickten.

»Okay«, sagte die Barfrau und machte eine Kunstpause. »Schaut mir mal in die Augen.«

Für ein paar Sekunden wurde es still.

Nichts bewegte sich mehr.

Die Kinder erstarrten, die Erwachsenen ließen es durch.

»Jetzt«, sagte die Barfrau. »Ich hab sie gerufen, sie kommen jetzt.«

Wen hat sie gerufen, dachte Iva, und sie sah die Irritation in den Gesichtern der Menschen, die zuckenden Mundwinkel, die hochgezogenen Augenbrauen, das Fragezeichen in Richards Blick, und da füllte sich der Raum mit Glanz. Undurchdringlich, wie Wasser mit Reflexionen von Sonne vielleicht, der Wasserglanz breitete sich aus, hüllte die Menschen ein, aber ohne dass sie nass wurden. Als würde die Flüssigkeit sie bewahren und beschützen, als würden sie eins werden mit dem Element. Und dann sah Iva das Gesicht des Kapitäns, wie er da in einer Ecke der Offiziersmesse stand, und sie wusste, dass er in dieser Sekunde spürte, was sie gestern Nacht in der Bar gespürt hatte, was für sie in dem Moment aber unsichtbar gewesen war, und ja, genau so hatte es sich angefühlt, in ihren Fasern: wie eine sekundenlange Verschmelzung mit etwas stabil Instabilem.

Sie ließ die Flasche in ihrem Schoß los und drehte sich zu Richard, der sie offenbar die ganze Zeit von der Seite angesehen hatte.

Seine Augen waren in Nebel getaucht.

»Kann ich noch von dem Whisky haben?«

»Klar«, sagte er. »Und eine Zigarette?«

»Unbedingt.«

Die norwegische Küste war verschwunden, mit ihr auch der Horizont. Iva atmete den Rauch ein.

»Wie viel Uhr ist es?«

Richard griff in seine Jackentasche, holte eine handtellergroße Glasflasche in der Form eines Flachmanns raus und hielt sie in die Höhe, um etwas Licht von der Wandlampe abzugreifen. In dem Flachmann war ein winziges Gerüst, das auf einem Turm montiert war, der Turm war aus rotem Backstein gemacht, und oben auf dem Gerüst saß ein kleiner Ball. Richard drückte ganz leicht den Boden des Flachmanns, der Ball wurde an die Spitze des Gerüsts gezogen, verharrte da kurz, dann fiel er runter.

Auf der Flachmannflasche leuchtete eine LED-Anzeige: 23.47

»Gleich Mitternacht«, sagte Richard.

»Was bitte ist das jetzt schon wieder für ein Zauberscheiß?«

»Das ist eine ganz normale Uhr.«

Richard drückte ihr das Ding in die Hand.

»Wird auf den Färöern hergestellt, kannst du behalten, ich hol mir morgen im Bordshop eine neue.«

»Du machst mich fertig.«

Richard ging rein und kümmerte sich um den Whisky.

Zurück auf dem Bett, mit dem warmen Tumbler in der Hand und der magischen Flasche auf dem Schoß, betrat Iva den Bauch der Rjúkandi, den Maschinenraum, sie war jetzt ganz tief drin, sie sah, wie sich die Schiffsmaschinerie veränderte, wie der Stahl sich bewegte, sich verfertigte beim Umdenken, wie die Maschinen flexibler wurden, wie sie auf eine fast unmerkliche Art ineinandergriffen und Kontakt aufnahmen mit der stählernen Haut des jeweils anderen, als wären sie auf dem Weg in eine neue Dimension. Alles strukturierte sich neu.

Ein Körper wie aus dem Gehirn von Jules Verne, aber auf Drogen aus Diesel und Hitze.

Dann war es schon vorbei, und der Maschinenraum arbeitete, wenn jetzt auch anders, wieder rhythmisch vor sich hin.

An den Menschen, die sie eben noch in der Offiziersmesse gesehen hatte, beobachtete Iva in den folgenden Minuten einen ganz ähnlichen Vorgang. Sie verwandelten sich in eine beweglichere, schönere Version ihrer selbst, und sie wurden jünger. Es ging nicht ganz so schnell wie bei den Maschinen, war nicht so aus einem Guss, es passierte unauffälliger und eher nebenbei. Menschen waren wohl komplizierter.

Iva folgte ihnen durch die ersten Tage auf dem verwandelten Schiff, sah, wie der Fluch der ewigen Schönheit und Unversehrtheit sich in ihre Fasern setzte, in ihre Wesen, in ihre Gesichter. In ihre Haare und ihre Bewegungen. Es schien zu gleichen Teilen gut und verstörend zu sein, es war eine große Aufgabe, sich daran zu gewöhnen.

Sie schaute ihre eigenen Hände an und suchte die schiefe Narbe an ihrem linken Zeigefinger, die Stelle, an der die Scherbe damals durchgegangen war, die kaputte Bierflasche auf dem nassen Kopfsteinpflaster. Die Narbe war kaum noch zu sehen, und auch das leichte, beständige Ziehen, das sie wegen der verkürzten Sehne in dem Finger seit Jahrzehnten spürte, war verschwunden.

Okay, dachte sie, während sie einer Frau mit perlmuttfarbenem Haar durch die Gänge folgte. Verstehe.

Die Frau machte eine Tür auf, und da waren sie auf der Brücke, hinter den Bugfenstern stand Richard und schaute durch ein Fernglas. Die Frau sagte irgendwas zu ihm, Richard ließ das Fernglas sinken und drehte sich um. Es war der Richard, den Iva kannte, der Richard, der neben ihr saß und der diese eigentümliche Festigkeit im Blick hatte, eine Felshaftigkeit und Präsenz und Geschlagenheit, die sie vom ersten Moment an so anziehend gefunden hatte.

Sie fasste zur Seite und nahm seine Hand.

»Da bist du«, sagte sie.

»Ja«, sagte er, »das bin ich.«

Er strich mit den Fingern ganz leicht über ihre Handfläche.

»Weil du vorhin gefragt hast – ich bin wohl am ehesten das, was ich auf der Brücke bin.«

»Und wie fühlt es sich an?«

»Was jetzt?«

»Du zu sein.«

»Es dauert«, sagte Richard. »Als würde es niemals aufhören.« Er spielte weiter mit ihrer Hand. »Na ja. Tut es ja auch nicht.«

»Willst du denn, dass es aufhört?«

»Frag mich das in hundert Jahren nochmal. Oder übermorgen.«

»Ich frag dich in Seydisfjördur.«

Sie widmete sich wieder dem Schiff in der Flasche.

Richard stand immer noch auf der Brücke, immer noch hinter den Bugfenstern, aber diesmal ohne Fernglas. Als würde er auf etwas warten.

Und dann passierte es, es kam ins Bild wie eine Welle aus Licht, nicht zu fassen, aber mit unaufhaltbarer Wucht.

Es waren viele, als sie überfallartig Form annahmen und zu geschmeidigen, kraftvollen Wesen wurden, manche hatten Fischschwänze. Sie klebten an ihm, an allen Seiten, er war ihnen ausgeliefert, bestimmte aber auch, was geschah, es war die perfekte
Kernschmelze.

Und es war viel nackte Haut. Iva konnte nicht wegschauen, und sie konnte es fühlen, es war stark, die ganze Brücke schien mit Energie gefüllt zu sein, und es wurde mehr und mehr und mehr, alles war in Bewegung, sogar die Schiffsinstrumente, es ging jetzt richtig zur Sache.

»RICHARD.«

»Was?«

»Was zur Hölle IST das? Fantasyporno …?!?«

Er nahm ihr die Flasche weg.

»Gib her.«

»Ach. Das darf ich jetzt nicht sehen, oder was?«

»Das ist privat.«

»Ah.«

»Ja.«

Richard legte die Flasche neben sich aufs Bett und ging auf den Balkon, vermutlich, um eine zu rauchen.

Iva spürte etwas Finsteres über ihre Stirn ziehen, dann stand sie auf und ging hinterher.

»Sag mal«, sie blies den Rauch von der Seite in Richards Gesicht, »wo schlafe ich jetzt eigentlich?«

Sie wusste, dass er nicht verantwortlich war für ihre Lage, aber er war der, der neben ihr stand.

Er atmete ihren Rauch ein.

»Deine Kabine ist quasi mit dir auf die andere Seite umgezogen, deine Sachen müssten auch da sein. Gleiche Kabine, einfach nur im gegenüberliegenden Gang des Schiffs.«

»Ihr schlaft einfach auf der anderen Seite?«

»Alle außer mir«, sagte Richard. »Ich schlafe hier oben. Wir versuchen ja auch immer noch, uns zurechtzufinden.«

»Okay. Und jetzt sag schon.«

»Was soll ich sagen? Was das eben war?«

»Nein, das war ja offensichtlich privat.«

»War es.«

»Sag mir, wie alt du bist.«

»Das kannst du dir doch ausrechnen.«

»Um die hundertdreißig?«

»Am 27. November werde ich hundertachtunddreißig.«

Bämm.

Als wäre etwas direkt vor ihren Füßen auf die Planken gefallen.

»Du hast nächste Woche Geburtstag?«

Er zog an seiner Zigarette.

Sie hatte das starke Bedürfnis, ihn zu küssen.

»In dieser Flasche da auf deinem Bett«, sagte sie.

»Ja?«

»Was genau findet da statt? Deine Geschichte? Oder die Geschichte dieses Schiffs?«

»Alles«, sagte er.

»Wie, alles?«

»Alles, was hier passiert. Im Grunde alles, was ist. Also: Alles, was für mich ist.« Er rauchte zu Ende und drückte die Kippe in dem Aschenbecher aus, der an der Reling klemmte. »Glaube ich.«

»Glaubst du oder weißt du?«

Er nahm Iva den Filter ab und warf ihn in den Aschenbecher.

Das Wetter zog in rasantem Tempo über den Himmel, hin und wieder brach der Mond durch und kippte sein Licht aus.

»Das heißt, ich bin da jetzt auch drin.«

»Denke schon.«

»Hast du nachgesehen?«

»Nein. Das ist deine Sache.«

»Schaust du bei deiner Crew manchmal rein?«

Ola war 1956 an Bord geboren worden, als Sohn einer Unsterblichen und eines Passagiers, eines Isländers aus Reykjavík. Der Mann hat das Schiff nach seiner Reise nicht wieder betreten, Ola hat seinen Vater nie kennengelernt.

Mit neunzehn hatte er die Rjúkandi verlassen und vielleicht Musik in Oslo studiert. Was Ola an Land erlebte, erzählte die Flasche nicht. Alle zwei Wochen kam er in Dänemark an Bord und fuhr mit nach Island und zurück, um seine Mutter zu sehen.

Einmal kam er zu Richard auf die Brücke und fing Streit mit ihm an, es endete in einer für Ola frustrierenden Schlägerei, weil es unmöglich war, Richard Schaden zuzufügen.

»Männliche Zuneigung ist immer körperlich«, sagte Richard, »ob es jetzt um Frauen geht oder um andere Männer, wir machen das halt über unsere Körper.«

»Du glaubst, das war Zuneigung?«

»Also, Wut war es nicht, das konnte ich spüren.«

Im Spätsommer 1967 kamen ein paar Selkies an Bord, es war eine kleine Gruppe, fünf Robbenfrauen nur. Niemand wusste, wo sie eingestiegen waren, wie sie es vom Wasser aufs Schiff geschafft hatten, aber es war eigentlich auch egal, Selkies waren ja nicht gefährlich. Ihre Robbenfelle bunkerten sie einfach in einem der Rettungsboote.

Wenn man bedenkt, dass Selkies ohne ihre Felle nicht wieder zurück ins Wasser können, war das doch sehr vertrauensselig. Aber irgendwie waren sie eben anders. Und irgendwie natürlich auch nicht. Die männlichen Crewmitglieder waren auf jeden Fall begeistert.

Als die Selkies nach ein paar Nächten in den Quartieren der Crew feststellten, dass die Robbenfelle bis auf eines verschwunden waren, schoben sie es auf den Seegang, warfen das letzte, verbliebene Fell auch noch ins Wasser und wählten ein neues Leben.

»Wir haben echt Selkies an Bord?«, fragte Iva.

Richard zuckte mit den Schultern.

»Warum auch nicht.«

»Sind sie anders als andere Frauen?«

»Bisschen wie Cowboys«, sagte Richard, »so im Umgang.« Er sah Iva an. »Du bist ihnen irgendwie ähnlich.«

Iva nahm einen Schluck Whisky.

»Du meinst, ich hab vielleicht einfach nur mein Robbenfell verloren?«

»Ich mag Selkies«, sagte Richard.

Iva legte die Flasche mit dem Schiff weg.

»Kann ich heute Nacht bei dir schlafen?«

»Klar«, sagte er. »Aber ohne anfassen.«

»Alter, das ist normalerweise mein Text.«

Er machte das Licht aus, legte seine Uniform ab und über einen Stuhl, dann nahm er ihre Hand.

Hast du dein Gehirn aufgegessen?

Iva schlief gut sechsunddreißig Stunden, aber sie tauchte nicht so richtig ab, blieb durchgehend an der Oberfläche. Sie verfolgte den Umbau in ihrem System sehr aufmerksam, Sekunde um Sekunde, Stück für Stück. Es fühlte sich an, als würde eine neue Software aufgespielt, als würde die alte Struktur überarbeitet und verbessert. Fehlerbehebungen, Aktualisierungen und so weiter.

Als sie am Montagnachmittag aufstand, waren die Rückenschmerzen weg, die sie seit der Geburt von Lilo unterschwellig gequält hatten. Auch der Beton in ihrem Nacken war verschwunden.

Sie war allein in Richards Kabine, auf dem Tisch neben der Kaffeemaschine standen ein Becher, ein bisschen Zucker und etwas Milch. Sie kochte sich einen Kaffee und duschte, danach machte sie sich auf den Weg zu ihrer neuen Kabine.

Sie war nicht schwer zu finden, sie war genau da, wo Richard gesagt hatte: gleiches Deck, nur auf der anderen Seite des Schiffs.

Die Tür öffnete sich, als Iva davorstand, und ihr Gepäck lag vor ihrer Koje.

Sie packte aus, sie stellte ihre Sachen in das kleine Bad, sie hängte ihre Jacke an den Haken neben der Tür. Sie tat so, als wäre nichts.

Später, an Deck, schien die Sonne, es war windstill und fast warm, die Rjúkandi hatte am Morgen in Torshavn angelegt.

Iva hatte eben noch ein paar halbherzige Versuche mit der Gangway hinter sich gebracht, dreimal war sie am Parkdeck gescheitert, die Sprünge von der Reling ins Eiswasser und zurück an Deck hatte sie sich gespart. Schon der Gedanke daran war zu viel gewesen.

Malin saß auf einer der stählernen Bänke und hielt ihr Gesicht in den Tag.

»Hey«, sagte Iva.

»Hey hey«, sagte Malin.

Sie sahen sich an. Irgendwas stimmte nicht mit Malins Augen. Als wäre sie gar nicht da. Und als wäre es ihr scheißegal, dass Iva immer noch an Bord war.

»Wie geht's dir?«

»Fantastisch«, sagte Malin, »es ist so großartig. Dieser ganze Umbau. Geil. Wie sich das angefühlt hat. Wie so Monsterbatteriepower. Wie so ein Superheldenkörper. Und zu wissen, dass nie, nie, nie wieder irgendwas weh tun wird, nirgends. Krass. Ich liebe es. Ich. Liebe. Es. Ach, Iva, ich bin so froh, dass wir das gemacht haben.«

Sie fummelte eine Zigarette aus ihrer Jacke, zündete sie an und hielt Iva die Packung hin.

Iva bediente sich.

Danke der Nachfrage, dachte sie, mir geht's beschissen.

»Boah, und die ständige Vögelei, das ist echt unglaublich, also ich mochte das ja früher schon ganz gern, aber es war nicht unbedingt mein Hobby, und jetzt, meine Güte, ich will gar nicht mehr aufhören, und letzte Nacht hab ich dann auch zum ersten Mal mit allen anderen ... Die machen das die ganze Zeit, wusstest du das?«

Iva schüttelte den Kopf.

»Nein, das wusste ich nicht. Aber ich finde es auch nicht so interessant.«

»Haha, ich finde nichts anderes mehr interessant, es ist total super.«

»Malin?«

»Ja?«

»Hast du dein Gehirn aufgegessen?«

Am frühen Abend saß sie an der Bar, hatte ein Bier vor sich und beobachtete die Barfrau. Es war die, die auch in der Buddelschiff-Offiziersmesse hinterm Tresen gestanden hatte. Sie sah aus wie eine vollkommen normale Frau, nur halt ein paar Etagen schöner, höher, mehr, so wie es eben war, wenn man hier zur Crew gehörte.

Iva schielte kurz auf ihre Hand.

Die Narbe, die sie jahrzehntelang an ihrem Finger getragen hatte wie einen speziellen Schmuck, war komplett verschwunden.

Die Barfrau machte ihre Barfrau-Sachen und verzichtete auf die ständigen Metamorphosen.

Und dann tat Iva es, einfach weil sie das Gefühl hatte, dass es jetzt möglich war, wo sie ja, zumindest für den Moment, dazugehörte: Sie sprach die Barfrau an.

»Hallo.«

»Hey, na?«

»Ich bin neu hier.«

»Ich weiß«, sagte die Barfrau.

»Natürlich weißt du das«, sagte Iva.

»Kann ich dir irgendwie helfen? Willst du was wissen?«

Iva drehte ihre Bierflasche in der Hand.

»Ich bin nicht freiwillig hier.«

»Ich weiß«, sagte die Barfrau.

»Natürlich weißt du das.«

»Ja, Überraschung.«

Sie polierte ein paar Gläser.

»Also. Fragen?«

»Eigentlich ja«, sagte Iva. »Aber sie verschwinden mehr und mehr.«

»Das gehört dazu.«

»Meine Freundin löst sich gerade auf, ihr Verstand verwandelt sich offenbar in Petersilie, gehört das auch dazu?«

»Das ist nur am Anfang so, wenn alles neu ist. Gib ihr ein paar Tage.«

»Und warum löse ich mich nicht auf?«

»Weil du es nicht willst.«

Iva nahm einen Schluck Bier.

»Es ist zum Verrücktwerden, Barfrau.«

»Sheila«, sagte die Barfrau. »Ich heiße Sheila.«

»Iva«, sagte Iva.

»Ich weiß.«

»Natürlich«, sagte Iva. »Was weißt du eigentlich nicht?«

»Warum du so unruhig bist, zum Beispiel.« Sie polierte ein Glas. »Irgendwas stresst dich, oder?«

»Ich hab ein Kind, Sheila. Meine Tochter ist da draußen in meinem Leben.«

»In deinem früheren Leben.«

Iva setzte die Bierflasche an und trank sie aus.

»Ist sie allein, deine Tochter?«

»Es gibt einen Vater«, sagte Iva. »Aber der ist ein Idiot.«

Die Rjúkandi schmiss die Maschinen an, hob sich und verließ den Hafen von Torshavn. Morgen früh würden sie in Island anlegen.

Iva nahm sich fest vor, es dann nochmal zu versuchen.

Eine gigantische Austernschale, zwei Meter lang, gut einen Meter breit, tief wie eine Badewanne. Die Muschel ist mit Wasser gefüllt, an den Seiten tropfen die Wellen raus. In der Muschelwanne liegt, mit langen roten Locken, nacktem Oberkörper und einem orange schimmernden Fischschwanz: eine.

wer ist die Frau
nur eine Passagierin
verdammt
warum wusste ich das nicht
ich wusste nicht
dass es möglich ist
er ist doch bei uns
für uns
mit uns
bei mir
für mich
mit mir
Luft
ich brauche Luft
ich zünd hier gleich das Wasser an
ey

Es kommt hinzu, schmal und zierlich und auf einer Welle schwebend, in kostbare Gewänder gehüllt und mit einem Kopfschmuck aus der ersten Regierungszeit von Kaiser Song Taizu: noch eine.

Lí Ban

ja

hast du was gesagt

was

ob du was gesagt hast

Segeln

Später beim Abendessen, es gab Steaks vom weißen Heilbutt und Pasta mit Muscheln, fand sich Iva mit großer Selbstverständlichkeit am Tisch der Crew wieder, und sie mochte es. An ihrer linken Seite saß Richard, rechts von ihr saß Hannah, die Mutter von Ola. Iva war dankbar, dass sie da war. Neben Hannah saß der Typ mit den Sommersprossen. Rein äußerlich wirkten die beiden auf den Tag gleich alt, irgendwas um die dreißig, aber es schien eine Art Erfahrungsgefälle zu geben zwischen ihnen.

Iva tippte auf unterschiedliche Arten von Schmerz.

Richard füllte erst Ivas Teller mit Heilbutt und Muschelpasta, dann seinen eigenen, alle anderen bedienten sich selbst.

Hannah schenkte Wein in die umstehenden Gläser.

»Mach mal deine Haare auf«, sagte sie zu Iva.

Warum, dachte Iva, und da war Hannah schon dabei, ihren Knoten zu lösen.

Ivas Haare fielen in großen, dunklen Locken über ihre Schultern, als hätten sie Gewicht dazugewonnen, und gleichzeitig eine unerhörte Leichtigkeit. Sie drehte den Kopf ganz leicht zur Seite, zur einen, zur anderen. Es war komplett beknackt, aber eindeutig: Ihre Locken lebten. Was macht ihr da, fragte Iva, hey hey hallo, flüsterten die Locken und streichelten ihr Gesicht.

»Lass die Fragen weg«, sagte Hannah. »Genieß es einfach.«

»Aber«, sagte Iva.

Die Locken hüllten sie ein.

Und dann tauchte wieder so ein Moment auf, ihr Innerstes füllte sich mit Meerwasser, schwappte über, mit dem Gefühl des Überlaufens zerplatzten ein, zwei, drei Erinnerungen, aber erstmal nur die schlechten.

Richard nahm unter dem Tisch ihre Hand, er drückte sie kurz, seine Hand war so warm.

Alle am Tisch sahen Iva an, voller Liebe und Sentiment. Als würden sie fühlen, was sie fühlte. Noch nie hatte sie sich so gesehen gefühlt, so angenommen: Herzlich willkommen in deinem neuen Leben, das auch unser Leben ist, unser aller Leben, wir sind's, für immer.

Und jetzt entdeckte sie auch Malin und Tarik und Flavio und Mo, die in einer Ecke saßen, aus der sie offenbar gerade eben wie Pflanzen herausgewachsen waren. Ivas Blick traf erst den ihrer Freundin, der eins war mit den Blicken der Freunde, für eine Sekunde waren sie wieder zu zweit und dann zu fünft, und dann zerplatzte auch diese Erinnerung.

Malin sah weg und fing an zu essen.

Essen, dachte Iva, aber sie aß nicht so wie sonst, wenn sie vorsichtig war, etwas widerwillig und gleichzeitig gierig, nein, es war eher so, als verleibte sie sich den Fisch und die Pasta auf eine sehr natürliche Art ein, mit Konzentration, Zeit und Selbstverständlichkeit, denn wie alles andere um sie herum gehörte auch das Essen zu ihr, ohne Grenze, es waren nirgends Grenzen zu spüren.

Sie schluckte den letzten Bissen Heilbutt und sah Richard an.

Er lächelte.

»Schön, dass du klarkommst«, sagte er.

»Ich muss hier weg«, sagte sie.

Richard nahm wieder ihre Hand.

»Verdammt nochmal, das weiß ich doch.«

Nach dem Essen war die Gestaltwandlerbarfrau wieder da, und wow, diesmal gab sie echt Gas, das war nicht mehr einfach nur Sheila ab und an mal anders, das waren Sheila & the Banshees – und ein bisschen Oktopus war auch mit drin. Sie mixte ununterbrochen Long Drinks und stellte gleichzeitig ganze Batterien von Flaschenbier und gefüllten Weingläsern auf den Tresen, dabei änderte sie im Sekundentakt ihr Äußeres. Es war ein unfassbarer Fluss an Gesichtern, Persönlichkeiten und Klamotten. Iva meinte, die ein oder andere Version von ihr schon mal gesehen zu haben, aber es ging alles viel zu schnell, und so gab sie auf, es verstehen zu wollen, und nahm sich einen Gin & Tonic von der Theke.

Das Licht in der Bar schimmerte in unendlich vielen Blautönen, in den Ecken und an der Decke war auch ein bisschen Silber dabei.

Richard hatte sich auf die Brücke verabschiedet. Nachtdienst.

Iva hatte gehofft, mit Malin reden zu können, aber die war auch verschwunden, vermutlich löste sie sich weiter in ihrer Petersilie und in Tarik auf. Iva spürte ein mieses kleines Stechen in der Brust, weil sie wohl nicht Teil dieser Gruppe war, aber irgendwie war es auch richtig. Sie wollte ja nicht.

Sie hielt sich an Hannah.

Die hatte einen dieser ewig nebligen Cocktails aus dunklem Rum in der Hand und bewegte ihre verboten runden Hüften zur Musik. Am anderen Ende der Bar, auf der kleinen Bühne am Heck und direkt über den Schiffsschrauben, stand ein neuer Musiker. Ein schmaler, sehr junger Mann, er wirkte wie maximal dreiundzwanzig, die blonden Haare waren kaum einen Millimeter lang, er trug schwarze Jeans, ein schwarzes, rockstargemäß verblichenes T-Shirt und ein schwarzes Jackett. Seine hellen Augen blitzten, während er mit Wucht in die Saiten der alten Akkustikgitarre schlug.

Seine Stimme war so tief wie der Ozean.

Auf den ersten Blick passte die Tonspur also kein Stück zur Bildebene. Aber nach der zweiten Strophe von der Ballade über Henry Lee schoben sich Gesang und Körper in einer fließenden Bewegung übereinander.

»Wow«, sagte Iva, »wer ist das?«

»Das ist John«, sagte Hannah, »unser Schiffsmusiker.«

»Ich dachte, Ola, also dein, na, du weißt schon ...«

»Mein Sohn?«

Iva nickte.

»Ja. Ich dachte, *er* sei der Schiffsmusiker.«

»Wann immer er da ist, ja«, sagte Hannah. »Aber er ist höchstens alle zwei Wochen an Bord. Und es wird nicht einfacher. Es ist mit viel Schmerz für ihn verbunden.«

Sie nahm einen großen Schluck von ihrem Drink.

»Er kommt in den letzten Jahren nicht mehr ganz so oft wie früher, und ich denke, es wird noch weniger werden, je älter er wird.«

»Schmerz für ihn?«, fragte Iva. »Was ist mit dir?«

»Ich kann kaum Schmerz empfinden«, sagte Hannah. »Es ist mehr wie Liebe mit einem Loch drin.«

Ihre Stimme klang belegt.

Iva betäubte ihre Gedanken mit Gin & Tonic.

»Und natürlich«, sagte Hannah und räusperte sich, »braucht so ein Schiff einen festen Musiker, der jederzeit übernehmen kann.«

»Er ist gut«, sagte Iva.

»Oh ja«, sagte Hannah, »das ist er.«

Iva hatte das Gefühl, dass Hannah nicht nur von seiner Musik sprach.

»Ist er?«

Sie zog an ihrem Strohhalm.

Hannah atmete ein und wieder aus.

»Sexgott.«

»Oh.«

»Yes, Baby.«

John bearbeitete derweil seine Gitarre auf eine Art, dass Iva ziemlich genau wusste, was Hannah meinte. Es war schlicht nicht zu übersehen, dass er die Fähigkeit besaß, aufzugehen in allem, was er tat.

»Und«, sagte Iva, »was macht er, wenn Ola an Bord ist, ich hab ihn die ganze letzte Woche nicht ein Mal gesehen, und na ja, er ist ja nur schwer zu übersehen.«

»Er segelt.«

»Er segelt?«

»Ja klar«, sagte Hannah. »So wie alle anderen auch. Wir segeln, so viel wir können.«

»Wo segelt ihr denn?«

»Im Zwischendeck, da ist genug Platz für alle.«

»Zum Segeln«, sagte Iva.

»Ja, zum Segeln.«

»Und warum ausgerechnet segeln?«

»Segeln ist unser Anker in der Unsterblichkeit, so spüren wir uns, so spüren wir die feinen Linien zwischen uns und manchmal tut es ja auch ein kleines bisschen weh, gerade nach einem Sturm oder wenn du in ein Gewitter geraten bist, und so verlieren und vergessen wir unsere Menschlichkeit nicht ganz. So bleiben wir bei uns.«

»Ich kann mir das nicht so richtig vorstellen«, sagte Iva, »wie das gehen soll, so viele Leute, auf dem Zwischendeck, und dann alle am ... Segeln ...?«

Hannah sah ihr in die Augen und drückte ihr das Glas mit dem Rumcocktail in die Hand.

»Halt mal kurz.«

Sie ging mit großen Schritten ans Ende der Bar und flüsterte John etwas ins Ohr. Die Rjúkandi nahm eine hohe Welle, das Schaukeln landete mitten in Ivas Bauch. John sah auf.

Er sah Iva an.

Er nickte.

Iva nickte zurück.

Er spielte weiter Nick Cave, *Where the Wild Roses grow*, und er klang als Kylie Minogue fast noch geiler, als er eben als PJ Harvey geklungen hatte.

Iva musste schlucken.

Hannah war wieder bei ihr und nahm ihr den Drink aus der Hand.

»Er schickt die paar Passagiere jetzt ins Bett«, sagte sie, »dafür braucht er zwei, vielleicht drei Songs. Dann gehen wir alle zusammen segeln. Die anderen gehen schonmal vor.«

Die Crewmitglieder, eines nach dem anderen, verschwanden.

»Ich bin noch nie wirklich gesegelt«, sagte Iva, »und schon gar nicht bei diesem Seegang.«

»Das glaub ich dir sofort«, sagte Hannah. »Aber vertrau mir. Du wirst es lieben.«

Der Aufzug fuhr nach unten, Iva hatte keinen Sinn dafür, die Decks zu zählen, sie war damit beschäftigt, auseinanderzudividieren, wer genau sie jetzt gerade küsste, ob es John war oder Hannah. Nachdem sich die Aufzugtür geschlossen hatte, hatten sich auch fast automatisch ihre Augen geschlossen, weil sie schon auf dem Weg durch die Gänge die Hände gespürt hatte, auf ihrer Hüfte, auf ihrem Rücken, auf ihrem Gesicht, überall in ihrer Mitte, es ging also bergab im Aufzug, und gleichzeitig bergauf in ihren Blutbahnen, sie hörte ihre Atmung und die der anderen beiden, und sie atmeten im Takt, sie atmeten sich raus aus dem Aufzug und rein ins Zwischendeck, und kurz dachte Iva noch, wo sind denn hier die Boote, wir wollten doch segeln, und dann begriff sie.

Niemand hatte die Absicht, Wassersport zu treiben.

Wobei.

Ein bisschen sportlich sah es schon aus, was da auf dem Zwischendeck geschah, aber eher softsportlich, und Wasser war hier und da auch dabei, in den warmen Fässern, die am Rand standen, und auf den weichen Kissen, die auf dem Fußboden lagen.

Hannah breitete ihre Arme aus und atmete.

»Voilà. Segeln.«

»Verstehe«, sagte Iva, etwas erschrocken darüber, wie tief ihre Stimme klang. John reagierte auf den speziellen Sound, den *certain call*, er nahm ihre Hand und zog sie auf die nächstbeste freie Stelle. Na ja, halb zog er sie, halb und so weiter, eine blonde Frau lächelte sie an und zog sie aus, der Musiker warf sein Jackett ab, sein Shirt, seine Jeans, Iva sah ihm dabei zu, seine Haut war hell und zart und schimmerte, als wäre er eben schwimmen gewesen, sie sagte »Hannah«, und Hannah sagte »hier«, und sie legte sich zu ihr, in einer Art Unterwäsche, oder was auch immer das war, es war viel weicher und weniger als Wäsche, mehr so ein seidiges Flüstern. Für einen Moment schämte Iva sich, weil sie ihren reisetauglichen Baumwollkram anhatte, doch dann sah sie an sich runter.

Sie lächelte, aus dem Lächeln wurde ein Lachen, denn sie hatte den gleichen heißen Scheiß an wie Hannah, wow, wie konnte das sein, und dann hatte sie auch noch den gleichen heißen Scheiß in sich, den Hannah gemeint hatte, als sie von John gesprochen hatte, und aus Ivas Lachen wurde Leben, sie wuchs unter seinen Händen, sie kam ihm entgegen, sie klickten sich zusammen, es klickte an so vielen verschiedenen Punkten ihrer Körper, sie fand Ruhe und Wahnsinn in einem Herzschlag, und dann war da wieder ein Lachen, es kam von Hannah, die sich an die blonde Frau hinter Iva geschoben hatte, während John sie mit seinen Händen und seinen Blicken festhielt. Sie sagte »du spielst auf mir Gitarre, oder«, und er sagte »ja, alle deine Saiten«, er war so zart und das, was er tat, hatte so viel Kraft.

Also segelten sie.

Sie segelten schneller, weiter, höher, sie segelten zwischen den anderen hindurch und mit ihnen zusammen, ohne Grenzen und doch mit ganz feinen Linien, es war, wie Hannah gesagt hatte: Die Linien machten es noch interessanter und inniger, weil es immer kurz weh tat, wenn sie zerrissen, und wenn Iva dann ganz genau hinhörte, waren da auch Wellen und Wind und Boote, und weiß der Himmel, was noch.

Ein Strand, geografisch nicht wirklich zu verorten, es ist nur Sand, Sand, Sand zu sehen, und der Ozean, und im Sand steht ein Liegestuhl unter einem großen hellblauen Sonnenschirm, im Liegestuhl liegt, mit langen roten Locken, nacktem Oberkörper, orange schimmerndem Fischschwanz und einer verspiegelten Pilotenbrille: die eine wieder.

ah
sie segelt
sie löst sich auf
na dann ist ja alles gut
dann löst sie sich auch von ihm
dann tritt sie ihm nicht mehr zu nahe
und ich dachte schon
interessant
sonnenbaden
oder gleich baden
ich will immer nur baden
ich will am liebsten zurück
in meine Unterwasserkammer
und dann auch wieder nicht
wegen der Kälte
weil der Teil von mir
der nicht Lachs ist
mag es warm
aber das muss man nicht verstehen
verstehen wird ja eh überschätzt
hier am Meer

Aus dem Hintergrund, aus der Tiefe der sandigen Bühne kommt, in leuchtende Farben gehüllt und mit einer großen Schlange um die Schultern und goldenen Creolen an den Ohren: noch eine.

Lí Ban

Mami Wata
hallo

hallo hallo

ist was

das frag ich dich
du wirkst so irritiert

nein nein

na ja

ja ja

weißt du
ich kenne das Gefühl mit den Reisenden
sie kommen zu dir übers Wasser
sie stehlen dir deine Zeit
sie versprechen dir Liebe
und Treue
und du glaubst es
und dann sind sie eben doch nur Menschen

wir sind zu groß für sie
wir machen ihnen Angst
wir machen sie einsam

wenn er einsam ist
bin ich da
Mami
ich lass ihn nicht allein

vielleicht fühlt es sich für ihn anders an

aber wonach

nach halb Frau
halb Lachs vielleicht
und jetzt stell dir einfach vor
du wärst er
stell dir vor
du wärst allein in deinem Raum
nachdem wir alle bei dir waren
und dich erfüllt haben
dich vollgegossen haben mit unserer Wirksamkeit
und vielleicht ist die eine
noch eine kleine Weile da
aber nicht später
wenn du an Deck stehst und Zigaretten rauchst
und dich fragst
wo denn alle sind
und dann fällt dir ein
die segeln
aber du darfst nicht mitmachen

weil es dein Teil der Abmachung ist
um alles zu beschützen
um niemanden in Gefahr zu bringen
wie fändest du das

ich würde baden gehen
um mich zu beruhigen

ja
aber das bist du
Lí Ban
Ruhe ist göttlich
Unruhe ist für die Menschen
sie werden es nicht los

du denkst also
er hat immer noch Angst vor dem Tod

er hat Angst vor der Ewigkeit

Ein Gefühl von liebevoller Unschärfe

Nach ihren ausgiebigen ersten Segelstunden stand Iva mit Hannah und John an Deck, wieder mal stand sie an Deck, genau genommen stand sie ja nur noch an Deck, vielleicht war das auch einfach ihr neues Leben, an Deck stehen und rauchen. Sie holte die Zeitballflaschenuhr aus ihrer Jackentasche. Es war weit nach Mitternacht, fast schon Morgen. Iva spürte alles Mögliche, aber Müdigkeit war nicht dabei.

Das Wasser schimmerte im Mondlicht wie altes Glas, der Wind hatte sich aufs offene Meer zurückgezogen, sie mussten schon eine ganze Weile in Fjordnähe sein. John hatte sich seine Gitarre umgehängt und spielte ein paar Dolly-Parton-Songs, er trug eine Kippe im Mundwinkel und den abnehmenden Mond im Gesicht. Hannah und Iva hielten sich an den Händen.

»Habt ihr nicht manchmal Sehnsucht nach Land?«

Hannah zuckte mit den Schultern.

»Nein. Land ist scheiße.«

»Hast du keine Freunde da draußen?«

»Nicht mehr. Meine Freunde sind hier.«

John spielte *9 to 5*, aber in einer Zeitlupenversion.

»Als du noch wen hattest an Land«, sagte Iva, »gab es da eine Möglichkeit, Kontakt aufzunehmen?«

»Ja«, sagte Hannah.

»Lässt du dir alles, was mit Land zu tun hat, so aus der Nase ziehen?«

»Ja.«

»Okay. Also: gab es?«

»Ola«, sagte sie. »Ola hat manchmal Briefe an meine Schwester mit rausgenommen und sie ihr nach Georgia geschickt. Und dann auch wieder Briefe von ihr zu mir gebracht.« Sie zog an ihrer Zigarette. »Ist aber schon lange her.«

Iva hielt Hannahs Hand etwas fester und beobachtete den Mondlichtwechsel in Johns Gesicht.

»Meinst du, er könnte auch für mich was mit rausnehmen?«

»Klar«, sagte Hannah. »Ich kann ihn fragen.«

»Das mach ich schon selbst«, sagte Iva. »Wann kommt er denn wieder an Bord?«

»Wahrscheinlich am Samstag in Dänemark.« Hannah zog noch ein letztes Mal an ihrer Kippe, dann drückte sie den Filter in den Aschenbecher. »Man weiß es aber nie so genau.«

Die Aussicht, Lilo eine Nachricht schicken zu können, einen Brief vielleicht oder ein Bild mit drei Zeilen und dass sie das regelmäßig würde einfädeln können, linderte nicht den Schmerz. Aber die Vorstellung, in Lilos Leben einfach nicht mehr zu existieren, verlor an Horror. Und eventuell würde sie ja über die Zeit, vielleicht schon über die nächsten Wochen und Monate, doch eine Möglichkeit finden, von Bord zu gehen. Sie könnte sich quasi eine Auszeit auf diesem Schiff hier gönnen, sie könnte den Alltag für eine Weile wegdelegieren, und dann eines Tages zurück in ihr Leben.

Sie zündete sich noch eine Zigarette an und sagte: »Okay.«

»Okay«, sagte John und wechselte zu Bill Callahan.

»Noch was«, sagte Iva.

»Was denn noch«, sagte Hannah.

»Lass mich«, sagte Iva.

»Ich lass dich ja.«

»Kann die Rjúkandi ihre Route verlassen?«

»Interessante Frage.« Hannah schaute aufs Wasser, als würde sie gerade von irgendwas träumen. »Wir wissen es schlicht nicht.«

»Habt ihr es noch nie versucht?«

»Nicht, dass ich wüsste. Musst du vielleicht mal Richard fragen.«

John hörte auf zu spielen.

»Er hat es versucht.«

»Echt?«

Hannah schien überrascht zu sein.

»Wann war das?«

»Ist noch gar nicht so lange her, zwölf, dreizehn Jahre vielleicht.«

Noch gar nicht so lange her, dachte Iva.

»Und?«, fragte Hannah.

Sie pflückte Iva die Zigarette aus dem Mund, zog einmal dran und gab sie ihr zurück.

»Die Instrumente fielen aus«, sagte John. »Richard musste quasi blind zurück ins richtige Fahrwasser.« Er fing wieder an zu spielen, ein zartes Klimpern nur. »Wenn wir die Route verlassen, verlassen wir offenbar auch den navigierbaren Raum.«

»Woher weißt du das«, sagte Hannah, »warst du dabei, oder was?«

»Ich war zufällig auf der Brücke«, sagte John.

»Niemand ist zufällig auf der Brücke«, sagte Hannah.

»Wir reden halt manchmal«, sagte John.

Iva versuchte, das Gesagte zu sortieren.

Den navigierbaren Raum verlassen: lieber nicht.

Und manchmal redeten sie halt.

Sie registrierte die Beweglichkeit des Schiffs unter ihren Füßen.

»Fühlt ihr euch gar nicht eingesperrt?«

Sie sah Hannah und John an, und eine liebevolle Unschärfe flutete ihr System.

Als Iva gegen Mittag in ihrer Kabine aufwachte, lag die MS Rjúkandi still im Hafen von Seydisfjördur, draußen flüsterte der Wind. Sie fühlte sich weich und durchlässig, hatte überhaupt keine Lust, ihr Bett zu verlassen. Aber da war dieser Halbsatz in ihrem Kopf: deine letzte Chance.

Also raus hier.

Und dann runter hier.

Komm schon.

Einen Versuch musst du noch machen.

Sie stand auf und zog sich an, dann holte sie das Seil, das sie in einer Ecke des Parkdecks gefunden hatte, unter ihrem Bett hervor, band es sich um die Taille, zog die Jacke drüber, und los.

Sie marschierte zu Deck 6, zu den Rettungsbooten.

Da war wieder diese Tür, schwerfällig und widerständig stand sie im Weg. Iva warf sich dagegen und landete mit Schwung an der Reling, genau an der Stelle, an der sie auch vor drei Tagen immer wieder gelandet war und an der Richard sie aufgelesen hatte.

Sie wickelte das Seil ab, kreuzte das eine Ende vor der Brust und hinter dem Rücken und zog es zusätzlich noch zwischen den Beinen durch, sie band es zu einer Art Geschirr. Das andere Ende schlang sie um einen der riesigen, stählernen Haken, an denen die Boote festgemacht waren. Sie versuchte sich an einer Art Seemansknoten, sie erinnerte sich dunkel, wie das funktionierte, und hoffte, dass das Seil sich schon festziehen würde, sobald es gespannt war. Und wenn nicht: dann halt nicht.

Der Gedanke war interessant: Mir kann ja nichts passieren.

Also kletterte sie los. Erst auf eins der Boote. Über die Kabinen rüber bis zu Deck 7. Sie zog sich mit erstaunlicher Leichtigkeit zu Deck 8 hoch, dabei war sie gar nicht Spiderman. Ihr Körper konnte plötzlich Dinge.

Und zack, war sie über der Reling und auf dem Oberdeck. Jetzt noch die Panoramafenster der Bar hochrutschen, eigentlich unmöglich, aber: huch, geschafft. Sie stand ganz oben, über ihr nur der blasse Himmel.

Unter ihr, einen schmalen Spalt vom Schiffsrumpf entfernt, lag gelobtes Land. Nicht das Festland, aber zumindest eine Insel.

Island.

Das Einzige, was sie noch tun musste, war springen.

Sie nahm Anlauf, und ab dafür.

Sie flog.

Die kalte Luft trug sie weg vom Schiff, für eine Sekunde dachte sie, es könnte gelingen, gleich würde sie auf dem Asphalt landen. Dann das Seil loswerden und rennen. Ja. Es würde klappen. Sie atmete, ihr Herz raste.

Sie fragte sich, ob sie es wirklich wollte.

Dann flog sie eine Kurve.

Aber warum, wie konnte das sein?

Das Seil wickelte sich um den Schornstein, und sie landete obendrauf, mitten im weißen Dampf.

Wow.

Okay, nochmal.

Sie duckte sich, machte einen Ausfallschritt nach hinten,

spürte erst die Spannung und dann eine nie gekannte Kraft in ihren Beinen, als wären da Sprungfedern, und – hopp.

Flug.

Kurve!

Landung. Auf der Panoramabar, direkt über den Zapfhähnen.

Die nächsten Versuche: mehr so zum Spaß.

Das Fliegen war geil, ihr Körper war ein Flummi an einem Gummiband, doch irgendwann steuerte sie Deck 8 an, mit einem Seufzen, endloser Spaß wird halt auch schnell langweilig.

Iva befreite sich von dem Seil, sie ließ es einfach liegen, und dann ging sie zu Richard, der den Tag nach der Nachtschicht wie üblich in seiner Kabine verbrachte.

Sie war aufgerieben von ihren Flugversuchen und fand, dass es an der Zeit war, endlich mal zusammen eine Runde segeln zu gehen.

Ein stehendes Gewässer, ein See oder ein großer Teich, am Ufer Wasserpflanzen und Bäume, im Wasser ein paar Seerosen und zwei befreundete Gruppen nackter junger Frauen mit Blumen im Haar: sie.
An einer Badestelle lehnen aneinander im Gras, mit Muscheln im Haar: noch welche.
Und etwas abseits, in ein weißes, leicht transparentes Tuch gehüllt und mit einem Haufen Seesternen beschäftigt: eine Einzelne.

wo sind die Gewaltigen
die Starken
die Schöpferinnen
sind sie unterwegs
haben sie zu tun
sind sie beschäftigt

sie sind doch immer beschäftigt
Rusalken

na dann ist ja gut
Najaden
wir wollten nur sichergehen

gebt ihr uns was von euren Seesternen ab
Nereiden

Leukothea spielt gerade damit
aber ihr kennt sie
sie teilt gern

wenn sie denn mal zuhört
Leukothea
hörst du uns

ja ja
ich bin hier mit den Seesternen
habt ihr Lí Ban gesehen
sie wollte doch auch

nein
wollte sie nicht
ruf mal nicht nach ihr
sie badet gerade so schön

ach
die Lachsfrau
baden
baden
baden

was wir gesehen haben
nicht ganz zufällig
ist die Menschenfrau
wie sie von Bord will
wie sie es versucht
wie es an ihr zieht
ihr Kind

IHR KIND

schhht
Leukothea
schhht

aber auch
wenn es zieht
jetzt zieht auch er an ihr
an ihrem Herzen

ja
sie empfindet

empfinden
wisst ihr noch
Rusalken
oh
der kleine Seestern
der kleinste
ich liebe ihn

ihr und Leukothea
ihr hattet das
Empfindungen
im Gegensatz zu uns
die wir schon immer so waren
was sagt ihr also dazu

wir sagen
wir sind nicht okay damit
sie leiden zu lassen
denn sie ist eine Frau
sie ist eine von uns

eine von uns

ja
denkt doch mal nach
ob das gerecht ist
ob man da nicht was machen muss

ob wir da nicht was machen müssen

aber welches Leid leichter zu tragen ist für sie
das Leid wegen des Kindes
oder das Leid wegen des Mannes
das wissen wir nicht

darf ich was sagen
als Mutter

klar
Leukothea
sag

das Leid wegen des Kindes wird sie kaputtmachen

Immerhin kartografieren sie ihn

Seine Kabinentür war von selbst aufgegangen, kaum dass Iva sich ihr genähert hatte. Sie versuchte nicht mehr, solche Dinge zu verstehen, es höhlte sie nur aus, stattdessen kroch sie unter seine Decke, klebte sich an seinen Rücken und verstand diesmal sehr schnell, was vor sich ging: Oh, er schlief nackt.

Die Wärme, die er ausstrahlte, war berauschend, und da bewegte er sich und drehte sich zu ihr, er nahm sie in den Arm, küsste ihre Stirn, seine Lippen waren trocken, seine Stimme war voller Samt und dabei rau.

»Schön.«

Sie atmete an seinem Gesicht aus.

Sein Griff wurde fester, sie spürte seinen Bart an ihrer Wange, sein Mund wanderte in ihren Nacken, sie reagierte.

Er wachte auf.

»Scheiße, Iva, spinnst du?«

»Wieso denn«, sagte sie, »komm, lass uns segeln, das machen doch alle hier.«

Er setzte sich auf und sah sie an.

»Abgelehnt.«

»Alle machen es, Richard!«

»Ich bin nicht alle, Iva.«

»Du bist ein Idiot«, sagte sie.

»Lass es mich erklären.«

»Oh ja, erklär mir die Welt, Kapitän, weil ich halt einfach nicht schnalle, was hier los ist.«

»Entschuldige. Aber du kannst es nicht schnallen. Eigentlich kann ich es selbst kaum erklären.«

»Was, Richard?«

»Ich gehöre mir nicht«, sagte er. »Ich kann nicht frei entscheiden.«

»Wie, du gehörst dir nicht, wem gehörst du denn dann, deinem Schiff, oder was?«

Er stand auf und zog sich an, erst die Hose, dann den üblichen dicken Pulli, den weißen mit dem Rollkragen, Iva liebte dieses gestrickte Zeug, und natürlich war die Liebe nur eine Übersprungsliebe.

Sie schluckte, als sie die Zeichnungen auf seinem Körper sah, auf seinem Rücken, auf seinen Beinen, auf seiner Brust.

Inseln.

Meerestiefen.

Seeungeheuer.

Richard war kartografiert.

Er bemerkte ihren Blick.

»Es kommt immer wieder was dazu. Die Karte wird jedes Mal genauer. Willst du einen Kaffee?«

Sie nickte, verstand aber tatsächlich nichts von dem, was er da gerade sagte. Und sie wollte die Karte so gern nochmal sehen.

Er warf die Maschine an.

»Sowas darfst du nicht machen, Iva. Du kannst nicht einfach zu mir ins Bett kriechen. Ich kann mich da ganz schlecht gegen wehren.«

»Dann wehr dich halt nicht.«

Die Maschine machte Geräusche, er füllte zwei Tassen mit Kaffee.

»Komm, wir setzen uns auf die Couch.«

Iva verließ das Bett, widerwillig, aber dann setzte sich doch zu ihm auf die Couch am Fenster.

»So vieles«, sagte Richard und sah sie an, »weiß ich selbst nicht, es ist alles unausgesprochen, aber irgendwie kenne ich die Regeln trotzdem, und ich weiß, wenn ich sie verletze, gibt es eine Katastrophe.«

Ivas Stirn lag in Falten.

»Wenn ich Scheiße baue«, sagte er, »und einfach nur mit dir im Bett liegen ist schon extrem nah an der Scheiße, dann riskiere ich mein Schiff und das Leben meiner Crew.«

»Ihr seid unsterblich, Babe, schon vergessen?«

»Nur so lange sie es wollen. Babe.«

»Aber wer sind denn sie, verdammt nochmal«, sagte Iva.

»Unsere Barfrau, die kennst du, oder?«

»Sheila?«

Richard nickte.

»Mal so, mal so«, sagte Iva.

»Korrekt«, sagte Richard. »Meistens ist sie Sheila. Aber hin und wieder, na ja, oder auch öfter, bewegen sie sich in ihr.«

»*Sie* bewegen sich in ihr?«

»Ja, sie.«

»Wie viele?«

»Viele. Genau weiß ich es nicht. Mal sind es fünf, mal fünfzig, manche kommen gleich in Gruppen. Manchmal ist es auch nur eine.«

»Eine?«

Richard starrte in seinen Kaffee.

»Also«, sagte Iva, »Sheila ist ... viele?«

»Richtig.«

»Und zwar immer dann, wenn sie alle drei Sekunden anders aussieht?«

»Ja«, sagte Richard. »Sheila ist dann ... die ... ich weiß auch nicht ... Göttinnen?«

»Die Göttinnen?«

»Ja, die Göttinnen. Tut mir leid, das muss bescheuert klingen für dich.«

»Ich gewöhne mich gerade an so viel bescheuerten Kram, da halte ich ein paar Göttinnen auch noch aus.«

Sie schüttelte ganz leicht den Kopf, als wollte sie ihr Gehirn aufwecken. Richard atmete aus, nahm einen Schluck Kaffee und rieb sich das Kinn.

»Warum kommen sie an Bord?«

»Weil sie es können.«

»Okay«, sagte Iva, »aber was hat das mit dir zu tun, warum darf ich nicht mit dir segeln, nur weil diese verrückten Göttinnen gern in eurer Barfrau abhängen, was ... halt.«

Sie zog die Augenbrauen hoch.

»Richard?«

»Iva ...?«

»Die waren das in deinem Buddelschiff, oder? Diese, äh, Wesen, die da bei dir auf der Brücke waren?«

Er sah sie an und zuckte mit den Schultern.

»Der Fantasy-Porno«, sagte sie.

Er zuckte nochmal mit den Schultern.

»Ich dachte, das sei nur so eine Art Kopfkino von dir.«

»Nichts in dem Buddelschiff ist einfach nur Kopfkino, Iva. Alles in dem Buddelschiff ist real.«

»Hast du noch was von dem Whisky?«

»Natürlich.«

Richard stand auf, ging zu dem Schrank unterm Schreibtisch und kam mit der Flasche und zwei Gläsern in der Hand zurück.

Iva sah ihn an.

»Du schläfst echt mit einem Haufen Göttinnen?«

»Vielleicht muss man es so klar sagen, ja.«

»Wie lange geht das schon, Schatz?«

Er lachte, goss den Whisky ein.

»Seit sechsundsiebzig Jahren.«

»Seit sechsundsiebzig Jahren? Meine Güte. Und, äh, also: Wie oft?«

»Kommt drauf an. Zwei, drei, fünf Mal die Woche. Je nachdem.«

»Je nachdem, was?«

»Wie sie halt Bock haben.«

»Und wenn du keinen Bock hast?«

»Wenn die Göttinnen mit Bock zu dir kommen, hast du auch Bock, da kannst du gar nichts gegen machen, die sind dann so ... äh ... präsent.« Er trank sein Glas aus. »Aber dann sind sie auch wieder sehr schnell überhaupt nicht mehr präsent.«

»Na ja«, sagte Iva. »Göttinnen halt.« Sie kippte ihren Drink. »Kann ich noch einen?«

Richard goss nach.

So ist das also, dachte Iva. Denen gehörst du.

»Und das ist irgendwie Teil eures Deals hier?«

Richard nickte.

»Und am Anfang war es super.«

Richard nickte.

»Und jetzt ist es nicht mehr ganz so super.«

»Wir sind schon sehr lange zusammen«, sagte er.

»Seid ihr eben nicht«, sagte sie. »Sie kommen und gehen, wie sie wollen, und wie du dich fühlst, ist ihnen komplett egal.«

»Immerhin kartografieren sie mich.«

»Ja, Richard, das ist wirklich wahnsinnig lieb von ihnen.«

Westeuropäisch-grün-hügelige Landschaft, könnte Irland oder Schottland sein, am Ufer eines tiefen, dunklen Sees, ja, wahrscheinlich eines Lochs, liegt auf dem Bauch – die langen, roten Locken verdecken den nackten Oberkörper, der orange schimmernde Fischschwanz pütschert ein bisschen im Wasser: eine.
An Land steht auf Menschenbeinen, rauchend, nackt und mit einem Blumenkranz im dunkelblonden, weichen Haar: noch eine.

hey na
Lí Ban
wie geht's

hey na
Rusalka
geht schon
wieso

du badest so ausdauernd zurzeit
das hört ja gar nicht mehr auf

Zeit
Rusalka
was ist schon Zeit
ich bade
wann immer ich die Wellen in mir fühle
das ist also überhaupt nichts Besonderes

sag mal
Lí Ban
Stichwort Wellen in dir

mich dumm von der Seite anquatschen wegen Kapitän
ist das eigentlich euer neues HOBBY

Das ist der Zustand

Da war eine Lücke in ihr, die sie über die Zeit mit erstarrten Sachen gefüllt hatte, je schwerer, härter, sprachloser, desto besser, bloß die Lücke nicht wahrnehmen, aber dieses zu einem Amboss verdichtete Gefühl, das war jetzt irgendwie verschwunden.

Die Lücke meldete sich.

Iva stand allein am Oberdeck, es war Wind aufgekommen, die Böen wurden stündlich stärker, für den nächsten Tag war ein Blizzard angesagt, ein Schneesturm in Orkanstärke. Alles Mögliche pfiff ums Schiff, am Bug tanzten schmale Reihen kleiner, weißer Wellen im Wasser, das Mondlicht lief silbern über dem Fjord aus.

Was, wenn nicht, dachte sie.

Was, wenn es wirklich keinen Weg vom Schiff gäbe?

Wenn sie für immer alles ziehen lassen müsste?

Aber was war denn alles?

Der Name ihrer Tochter schob sich in die Lücke.

Außenrum: Gefühle, Gefühle, Gefühle.

In ihrer Körpermitte krachte es.

Und unter ihren Füßen, sie spürte es deutlich, es brannte geradezu in ihren Sohlen, saß Richard William Jones auf der Brücke und schob Hafendienst, er hatte kurz nach dem Abendessen seine Schicht begonnen. Er war allein. Er war mehr als allein. Er war brüllend einsam.

Sie ging zur Mitte des Decks und stieg die Treppen runter. Etwas zog sie noch stärker als sonst zu ihm, als würde er einen Iva-Magneten in die Luft halten, an dem sich die Metallspäne in ihr ausrichteten, ihr Herz krampfte. Sie lief schneller, sie nahm die letzten rutschigen Stahlstufen, sie stolperte, fing sich ab, rannte die Gänge von Deck 7 entlang, den einen Gang zur Brücke, blieb stehen, atmete.

Hinter der verschlossenen Tür stimmte etwas nicht.

Sie hielt die Hand über den Knauf, berührte das Holz, es klickte, die Tür öffnete sich einen Spalt.

Sie ging rein.

Die Navigationsinstrumente leuchteten in der Dunkelheit, und Iva sah die Umrisse eines Wesens. Kurz dachte sie, es sei ein Mensch.

Ein Mensch?

Es war so dünn, ein Skelett mit Haut, wobei, viel Haut war da nicht. Eher ein paar zerschlissene Fetzen. Es hob die Hand ein Stück, senkte den Kopf, fasste sich an die Stirn, sackte ganz leicht zusammen. Als es sich wieder ein bisschen mehr aufrichtete, erkannte sie die Bewegung; die Selbstverständlichkeit des wachsamen Nackens, auch wenn die Muskulatur dafür fehlte.

»Richard?«

Er drehte sich um.

Der Schmerz, ihn so zu sehen, rotierte in Iva und auf der ganzen Brücke, in alle Richtungen, er schlug überall ein.

»Richard.«

»Jetzt siehst du …«

Die Stimme hatte jeden Klang verloren, matt, dünn, wie Blech.

»Ja, ich kann dich sehen.«

»Wer ich bin.«

»Das bist nicht du, Richard.«

Er zitterte.

»Das ist der Zustand.«

»Der Zustand.«

»In dem du lebst.«

»Es soll aufhören.«

Sie ging auf ihn zu.

Sie ignorierte den Geruch und ging näher ran, noch näher, und dann fasste sie ihn an, und da war er nicht mehr kaputt.

Atmen

»Zigarette? Drinks?«

»Drinks«, sagte er. »Aber ich zahle.«

26. November 2014

Ich bin raus.
Die Frage ist nur

wie genau

Man kann sich mit denen nicht unterhalten!

Iva und Richard saßen bei Kaffee und Zimtgebäck in der Bar, an einem Tisch am Fenster, John saß an einem anderen Tisch und klimperte auf der Gitarre ein paar langsame Songs von Adele, hinter dem Tresen stand eine junge Barfrau mit hellem Haar. Keine Gestaltwandlungen.

Draußen lag Seydisfjördur, inmitten eines wütenden Blizzards. Die MS Rjúkandi schwankte, der Sturm rüttelte an den Schiffswänden.

Alle zusammen hielten sie es einfach aus, sie versuchten cool zu bleiben und warteten ab, das galt aber vor allem für die Passagiere, die das Schiff wegen des Wetters nicht verlassen konnten. Denen, die das Schiff eh nicht verlassen konnten, Wetterlage hin oder her, war es sowieso egal.

Iva hatte nach krassen Erlebnissen immer das Bedürfnis, etwas Stinknormales zu tun. Kaffee, Kuchen, sonst nichts.

Am liebsten wäre ihr ja, wenn sie die letzte Nacht einfach wegschieben könnten, und auch Richard fasste das Thema Zombifizierung nicht an.

Bisher lief es also ganz gut.

Vielleicht verschafften sie sich aber auch nur gegenseitig Zeit.

Weil irgendwie klar war, dass nach diesem Moment auf der Brücke etwas passieren musste. Dass zumindest etwas ausgesprochen werden musste.

Sie hatten danach noch eine Weile in der Offiziersmesse gesessen und Gin & Tonic getrunken.

Ivas aufgeregte Verliebtheit war wie weggewischt und durch etwas Fundamentales ersetzt worden. Jetzt ging es nicht mehr nur darum, was an Land zu verlieren war. Seit letzter Nacht waren für sie ganz andere Dinge im Spiel. Jetzt ging es auch auf dem Schiff um etwas.

Mit der Liebe kam ja immer die Verantwortung.

Iva sah halb zu Richard hin und halb aus dem Fenster, sie versuchte das Wetter in seinen Augen und in ihrem Innern einzuschätzen, und sie beobachtete den Schnee, wie er durch den Fjord und den Hafen und über die niedrigen Häuser peitschte, wie er zahllose eisige Hügel auf die Straßen schichtete und sie gleichzeitig wieder aufwühlte. Beides fühlte sich nicht so an, als würde es sich bald beruhigen.

Richard rührte in seinem Kaffee. Er hatte sich absurd viel Zucker reingeschüttet, und es war nicht das erste Mal, dass Iva es registrierte. Wozu der ganze Zucker, dachte sie.

Es wuchs in ihr, von Stunde zu Stunde.

»Ich hab vorhin mit John gesprochen«, sagte er.

»Mit dem John?«

Iva schaute rüber zum klimpernden Musiker.

Richard nickte.

»Wir finden eine Lösung. Ich weiß noch nicht, wie wir es genau machen, aber wir arbeiten dran.«

»Eine Lösung für was?«

»Du wirst das Schiff am Samstag verlassen, und dann fährst du nach Hause zu deiner Tochter.«

»Haha, Richard. Trink deinen Kaffee.«

»Nein, ernsthaft, John und ich kriegen das hin.«

Iva biss in ihr Zimtgebäck.

»Was hat John damit zu tun?«

Richard antwortete nicht und trank seinen Kaffee, so wie

Iva es ihm gesagt hatte. Der Sturm schlug ein paar Haken ums Schiff.

»Vielleicht will ich ja auch gar nicht nach Hause.«

Er sah sie an.

»Iva.«

»Richard?«

»Erzähl keinen Scheiß.«

»Nach Hause will ich natürlich schon«, sagte sie und legte ihre Hand auf den Tisch, ganz dicht neben seine. »Aber vielleicht nicht sofort. Ich kann doch jetzt nicht mehr einfach gehen.«

Er berührte ihren kleinen Finger.

»Nicht nach letzter Nacht.«

»Es war nicht gut, dass du mich so gesehen hast.«

»Warum nicht? Wenn es nun mal ab und zu passiert, dass du so bist, warum sollte ich das nicht sehen?«

»Weil es ... schrecklich ist?«

»Ach«, sagte Iva, »ich hab echt schon schlimmere Sachen erlebt«, und ihr Blick verhakte sich in seinem Blick, »ich bin Mutter, schon vergessen?«, und dann ging es ohne Vorwarnung runter in ihrer beider Kellerräume, sie sahen sich alles auf einmal an, es war dunkel dort, und es war kalt, nichts war versteckt, da gab es Tränen und Trauer und nochmal von vorn, aber weggepackt in die ganz hinteren Ecken, und trotzdem zeigten sie es einander. Es war, als würden sie Solarplexus an Solarplexus stehen und es einfach fließen lassen, nur ein paar Atemzüge lang, oder ein ganzes Leben, und scheiß auf die Umstände, scheiß auf die Orkanböen da draußen und in Richards Augen, das Wetter war jetzt in ihrer Mitte und nirgendwo sonst.

Iva hielt die Luft an.

Dann konnte sie nicht mehr und ließ los.

»Entschuldige«, sagte sie.

Richard räusperte sich.

»Nochmal wegen Samstag«, sagte er.

»Alter«, sagte Iva.

»Also wegen Samstag«, er atmete tief ein und versuchte nochmal das Ding mit dem Blick, aber Iva dachte, bitte nicht, das war echt zu viel. »Was wäre, wenn ich mitkommen würde?«

»Wie mitkommen?«

»Wenn wir das Schiff gemeinsam verlassen würden.«

»Ach, hör auf.«

»Ernsthaft.«

John spielte jetzt etwas konsistenter, mit Akkorden und so, es war auch nicht mehr irgendwas von Adele, es war *St. Olav's Gate* von Tom Russell. Er sah Iva auf eine exquisit verschwommene Art an, und da blitzte eine Erinnerung in ihr auf, an seine Hände und seine Haut, und für einen Moment schämte sie sich vor ihm und vor Richard, aber der Moment verging, und sie schaute auf die gleiche Art zurück und ihre Zähne suchten ihre Unterlippe.

Country auf See ist Zeichen der Verbundenheit, dachte Iva, warum auch immer.

»Komm«, sagte Richard, »wir gehen eine rauchen.«

»Im Blizzard?«

»Wo denn sonst«, sagte er, stand auf und reichte ihr die Hand. Sie schlug ein.

John schlug in die Saiten.

Vielleicht, dachte sie kurz, könnte er ja auch nochmal

ihre Saiten

so

also bitte

Das war nicht der Ort, an dem sie sonst mit ihren Zigaretten rumstanden, nicht der Teil des Decks, in dem sie sich kennengelernt hatten, sie waren irgendwo komplett anders. Richard hatte Iva durch die Gänge geführt, links, rechts, links, rechts, sie war sofort wieder verlorengegangen, die Binnen-Geografie der MS Rjúkandi blieb ihr einfach ein Rätsel.

Jetzt standen sie in einer kleinen geschützten Ecke und starrten in den wilden Himmel, irgendwie gehörte immer alles zu irgendeinem Zwischendeck, vielleicht war es auch immer Deck 6, nicht weit von den Rettungsbooten. Richard stand breitbeinig auf dem Stahl, um die Balance zu halten, Iva lehnte an der Wand, das fühlte sich sicherer an. Der Sturm schien noch stärker zu werden, und er machte Krach, er pfiff über den Fjord und rüttelte am Stahl. Ihr Rauchplatz hingegen war fast windstill.

Aber wie es schwankte.

»Draußen auf See ist bestimmt die Hölle los«, sagte Iva, »da können wir doch heute Abend gar nicht ablegen.«

»Wir können immer ablegen«, sagte Richard. »Solange wir unsere Route nicht verlassen, sind wir auch im größten Sturm sicher.«

»Aber die Wellen.«

»Show für die Touristen. Die gehen nicht höher als neun Meter.«

»Ihr seid so abgezockt«, sagte Iva und zog an ihrer Zigarette.

»Nicht wir sind abgezockt.« Er bließ ihr ein bisschen Rauch ins Gesicht. »Die Göttinnen sind es.«

»Kann ich die eigentlich mal kennenlernen?«

Sie sendete Rauchzeichen.

»Du kennst Sheila«, sagte Richard. »Das reicht.«

»Ich würde mich aber echt gern mal mit denen unterhalten.«

Sie sendete passiv-aggressive Rauchzeichen.

»Worüber willst du dich mit denen denn unterhalten, die verstehen dich gar nicht.«

Da war ein irgendwie ambivalenter Zug um seine Lippen.

»Woher willst du das wissen, Frauen haben superausgefeilte Kommunikationskanäle.«

Sie rauchte ihn von der Seite an, aber ganz knapp an ihm vorbei, und es war Absicht.

»Man kann sich mit denen nicht unterhalten«, sagte er, »sie reden ununterbrochen durcheinander, sie hören nicht zu, es ist unmöglich, da reinzugrätschen.« Er lehnte sich neben sie an die Wand. »Außerdem bist du am Samstag doch eh auf dem Weg nach Hause.«

Sie ließ ihre Zigarette sinken und sah ihn an.

»Das ist noch gar nicht geklärt.«

»Doch, du bist jetzt meine Exitstrategie.«

Sie versuchte zu lesen, was hinter seiner Stirn vor sich ging, und sagte: »Nein, du bist meine.«

Glaubst du, dachte er.

Glaubst du, dachte sie.

Beide hatten jedes Gefühl dafür verloren, wo es hingehen könnte.

Rauchzeichen.

Um Mitternacht waren sie auf der Brücke, das Schiff schaukelte über die Nordsee, sie saßen sich auf der breiten Bank hinter den Bugfenstern gegenüber, die Beine vorsichtig ineinander verschränkt, beide hatten ein Glas Whisky in der Hand.

»Happy Birthday«, sagte Iva.

»Danke«, sagte Richard, »es fühlt sich irgendwie ... na ja ... an.«

»Dass du hier einfach so sitzen kannst. Musst du nicht das verdammte Schiff fahren?«

»Ich drücke alle zwanzig Minuten auf einen Knopf, der sendet ein Signal an die Crew, dann wissen alle, dass alles okay ist.«

Er nahm einen Schluck Whisky.

»Wo geht das Signal hin?«

»Keine Ahnung, in den Bauch vielleicht, aber es ist auch egal, ich müsste das mit dem Knopf nicht machen, weil ja sowieso immer alles okay ist. Es ist mehr ...«, er fasste an ihren linken Knöchel, »eine Art Liebesbeweis.«

Er ließ seine Hand, wo sie war, und sie hörten auf zu reden, das Meer übernahm das Ruder, die Luft bewegte den eiskalten Regen, der Orkan hob das Wasser in die Höhe, das Schiff blieb stabil.

Iva schaute raus in die schwarz-weiße Nacht, ihr fielen die Augen zu, sie rutschte in einen zarten Halbschlaf, sie spürte, wie er hin und wieder aufstand und zu seinem Navigationszeug ging und da vermutlich diesen wahnsinnig unwichtigen Knopf drückte, aber die meiste Zeit war er bei ihr am Fenster, hielt ihren Knöchel und drückte ihre Knöpfe.

27. November 2014

Hundertachtunddreißig.

Neun Meter hohe Wellen in einer Fahrrinne von einer halben Meile, östlich und westlich davon tobt der Sturm mit mehr als zwölf Meter hohen Dingern, und er frisst alles, was ihm in die Finger kommt.

Wäre sie nicht hier bei mir, würde ich da rausfahren. Aber sie ist hier, und erst jetzt begreife ich, dass sich dadurch alles, wirklich alles verändert hat.

Mitten im Licht

Der Blizzard war, vermutlich in den frühen Morgenstunden, in den Atlantik gefallen. Die Rjúkandi lag friedlich im Hafen der Färöer, die alten, wettergegerbten Häuser von Torshavn lagen in der Morgensonne, Ivas Gewissheiten bröckelten im rosa Licht. Ich würd ja auch gern mal einen anderen Ort von diesem Bumms hier sehen, dachte Iva. Aber noch während die Idee in ihrem Gehirn kreuzte, begriff sie, dass das ja gar nicht mehr in der Ziehung war.

Weit nach Mitternacht hatte sie die Brücke verlassen und sich in ihrer Kabine nochmal kurz hingelegt, ein schneller, tiefer Schlaf war das gewesen. Jetzt war es gleich halb neun, sie stand an Deck und schaute auf die Legolandschaft rund um den Hafen, gerade legte eins dieser Spielzeugschiffe an, ein Fischtrawler vielleicht. Wo der wohl herkam, draußen konnte er über Nacht nicht gewesen sein. Vielleicht war er nur ein bisschen um die Insel gefahren.

Iva fühlte sich dem Trawler verbunden, und in ihr breitete sich weiter eine spezielle Ruhe aus, die sie spürte, seit sie beschlossen hatte, diese vergeblichen Versuche, von Bord zu kommen, einfach wegzulassen. Und seit sie sich ernsthaft mit der Vorstellung beschäftigte, wie das alles denn ungefähr aussehen könnte.

Ola könnte Post für Lilo rausbringen, und er könnte Iva wiederum Post von Lilo zurückgeben. Lilo würde also alle zwei Wochen mindestens einen Brief von ihr bekommen, wenn nicht einen ganzen Sack voller Briefe, und in den Briefen könnten sie Pläne aushecken, für die Ferien zum Beispiel.

Lilo könnnte die komplette schulfreie Zeit bei ihr auf dem Schiff verbringen, Quality Time, Baby, und Lilos Vater müsste sich um den ganzen beschissenen Rest kümmern. Es wäre der ultimative Weg, um nach neun langen Jahren, in denen Iva mit allem allein geblieben war, einfach mal einen gepflegten Schichtwechsel zu vollziehen.

Die Zeiten, in denen Lilo nicht bei ihr wäre, würden natürlich voller Traurigkeit sein, an die sie sich nicht gewöhnen würde, und ihr schlechtes Gewissen hätte sie fest in den Krallen. Aber Lilo war jetzt schon neun. In fünf Jahren, wenn sie vierzehn war, *könnte* man sogar darüber nachdenken, also wenn Lilo das wollte, ob sie beide hier …?

Und überhaupt, dachte Iva, wer sagte denn, dass sie nicht in ein paar Wochen doch noch eine Möglichkeit finden würde, das Schiff zu verlassen?

Sie könnte vielleicht tatsächlich darauf bauen, dass sie es schon irgendwie schaffen würde. Die Zeit bis dahin würde sie damit verbringen, zu lernen. Zu verstehen. Dahinterzuschauen. Zu lieben. Einfach mal dabei zu sein, statt immer nur voll danebenzustehen, weil für nichts außer Alltag die Kraft da war.

Sie könnte mit Richard ihre Einsamkeit teilen, und so wäre womöglich alles, ganz generell, für beide erträglicher. Nebenbei könnte sie mit Hannah und John segeln gehen, Hannah und John würden ihre Anker sein, wenn sie mal schwach werden würde. Sie könnten alles halten, ihre Zweifel, ihre Drinks, ihre Mitte. Und sie würden ihnen, und der Crew, von dem Leben da draußen erzählen. Sie könnte versuchen, diese kleine, friedvolle Gesellschaft auf dem Schiff wieder mal ein bisschen anzuzünden. Das waren doch alles Revolutionäre gewesen, auf ihre Art.

Okay, genau genommen wollte sie nur mit John und Hannah segeln gehen.

Sie nahm einen Schluck von ihrem inzwischen lauwarmen Kaffee und zündete sich eine Zigarette an.

Oder, und da kroch es in ihren Kopf, sie könnte in ein paar Tagen wieder bei ihrer Tochter sein, wenn sie sich einfach dem ergab, was Richard und John vorhatten, was auch immer das war. Der Gedanke ließ ihr die Beine wegsacken, mitten im schönsten Morgenlicht.

Noch ein anderer Gott, von dem wir gar nichts wissen

»Sehr geehrte Passagierinnen und Passagiere, wir freuen uns, Ihnen mitteilen zu dürfen, dass Kapitän Jones heute Geburtstag hat. Sobald wir Torshavn verlassen haben und wieder auf See sind, wird das gefeiert, und zwar auf dem ganzen Schiff. Sie sind herzlich eingeladen, Abendgarderobe kann kostenfrei an der Rezeption geliehen werden. Sollten Sie nicht teilnehmen wollen, bitten wir Sie, in Ihren Kabinen zu bleiben, aus Sicherheitsgründen. Der Zeitrahmen des Fests entgleitet uns manchmal etwas, es könnte also unübersichtlich werden, aber spätestens übermorgen früh, wenn wir in Dänemark anlegen, sollte es erledigt sein. Schönen Tag noch!«

Iva saß mit Hannah und Malin an Deck in der Sonne und rauchte. Sie kamen gerade vom Segeln, und Iva war geflutet von Wärme, da war so viel Zuneigung zu den beiden Frauen. Zu Hannah, dieser jungen Mutter eines alten Mannes, deren Liebe ein Loch hatte. Und zu Malin, ihrer Freundin, ihrer Schwester, die weniger zerfasert zu sein schien als in den Tagen zuvor, weniger fern, wieder mehr bei sich und also auch mehr bei Iva.

Es war so schön gewesen, gemeinsam eine Runde segeln zu gehen.

»Was für eine Durchsage«, sagte Malin und lachte.

»Er hasst die Durchsage«, sagte Hannah, »angeblich hasst er auch die Party, aber ihr solltet ihn mal sehen, wenn es dann losgeht. Deshalb machen wir das jedes Jahr, der Spaß ist einfach zu groß.«

»Was passiert denn mit ihm, wenn es losgeht?«, fragte Iva.

»Er leuchtet von innen«, sagte Hannah, »wie so ein Vater, der ein paar Dutzend Kinder großgezogen hat. An diesem einen Abend im Jahr wirkt er irgendwie erleichtert, so: Na ja, hat doch alles ganz gut hingehauen.«

Iva dachte an die letzte Nacht und wie es war, mit Richard auf der Brücke zu dösen, ans Bugfenster gelehnt. Da hatte er einen ähnlichen Eindruck gemacht. Als wäre für ein paar Stunden etwas von seinen Schultern genommen worden. Aber was waren schon ein paar Stunden, im Vergleich zu hundertachtunddreißig Jahren.

»Was belastet ihn so«, sagte sie, »er hat doch geholfen, euch alle zu retten.«

»Niemand kann wissen, was andere wirklich quält«, sagte Hannah, und Malin sagte: »Ich glaub, ich muss schon wieder rauchen.«

Iva verteilte Zigaretten, sie rauchten zusammen und nebeneinanderher und jede für sich.

»Also, ihr Schönheiten«, sagte Hannah, als sie ein paar Minuten später ihre Kippe in den Aschenbecher beförderte, »wie sieht's aus mit Klamotten?«

Malin zeigte mit beiden Zeigefingern auf ihren Daunenparka, ihre Haare wippten um ihre Schultern.

»Ich bin hier komplett so unterwegs. Ein bisschen Crew-Schick wäre ehrlich gesagt langsam schon mal ganz geil.«

»Ich hab auch nur Wintersachen dabei«, sagte Iva, »aber ich weiß nicht, brauch ich wirklich was anderes?«

Hannah schüttelte den Kopf und stand auf.

»Kommt mal mit. So könnt ihr da heute Abend auf keinen Fall aufkreuzen.«

Hannahs Kabine lag auf dem gleichen Deck wie die von Iva und Malin, aber am anderen Ende des Gangs, beziehungsweise an seinem Anfang – sie schlief am Bug, das große Fenster neben ihrem Bett ging nach vorn raus. Als würde sie an der Spitze des Schiffs wohnen, so nah an der Brücke wie sonst niemand. Und die Kabine war ungefähr doppelt so groß wie die restlichen Kabinen in den Gängen. Der dreitürige Kleiderschrank passte locker rein.

»Setzt euch.«

Sie deutete auf ihr Bett.

Iva und Malin setzten sich auf die Kante.

Hannah öffnete den Kleiderschrank, stand davor, dachte nach. Sah erst Malin an, dann Iva, dann wieder Malin.

»Weiß«, sagte sie, und zu Iva: »Blau.« Mit einer fast obszön selbstbewussten Kopfbewegung warf sie ihre braunen Shampooreklame-Haare nach hinten. »Und ich nehm Koralle.«

»Blau find ich gut«, sagte Iva.

»Ich find alles gut«, sagte Malin und kippte ganz leicht Richtung Ivas Schulter.

Hannah zog drei absolut hinreißende Fummel aus dem Schrank: ein schlichtes, hochgeschlossenes Etuikleid aus korallenroter Seide, ein weißes Satinteil mit Empire-Taille, paillettenbesetzten Spaghettiträgern und einer angedeuteten Schleppe, und ein tief dekolletiertes, schmales Kleid in Königsblau.

Die drei Frauen zogen sich aus und wieder an, und die Kleider saßen auf ihren Körpern, als wären sie ihnen gerade gewachsen.

Hannah legte Iva noch eine schwere, goldene Kette um den Hals, Malins Haare steckte sie mit einem glitzernden Kamm zurück, sie selbst nahm sich ein paar große Ohrringe aus weißen Perlen.

»Fertig«, sagte sie.

»Verdammt«, sagte Malin, »wir sehen aus wie Hexen.«

Iva sah sich im Spiegel an.

»Wir sind Hexen.«

Sie drehte sich um, betrachtete sich von hinten.

Stark, dachte sie.

»Spektakulärer Arsch«, sagte Hannah.

»Aber hallo«, sagte Malin.

»Okay«, sagte Iva, »wann geht's los?«

»Gegen sechs treffen sich alle in der Bar, da ist auch das Buffet aufgebaut«, sagte Hannah, »danach feiern wir überall, in jedem Gang, auf dem ganzen Schiff. Es wird riesig. Legt euch lieber nochmal hin.«

Zwei Stunden später klopfte Malin an Ivas Kabinentür. Sie war brutal schön, wie eine Mischung aus Schwan und Braut.

Iva trug das blaue, knöchellange Kleid, es fühlte sich an, als wäre es flüssig, und wahrscheinlich sah es auch so aus.

»Wow«, sagte Malin.

»Selber wow«, sagte Iva.

Sie legte ihrer Freundin eine Hand auf den Oberarm, für einen Augenblick wurden sie eins.

Dann fiel ihr die Kinnlade runter.

Denn Malin stand zwar vor ihrer Kabinentür, aber hinter ihr war nicht der Gang zu sehen – hinter Malin prunkte ein festlicher Saal. Überall war Glanz, aber mit Vollgas. Von der Decke hingen große Kronleuchter herab, die Wände waren mit Reliefs und Stuck geschmückt, in den abgerundeten Ecken des Saals standen Statuen, eine riesige Holztreppe führte hoch zu welcher Etage auch immer, und durch eine gläserne Kuppeldecke schien der Mond.

Im ganzen Raum brannten dicke Kerzen.

»Alter, was ist das?«

»So eine Art Ozeanriese«, sagte Malin.

»In einer anderen Zeit«, sagte Iva.

»Komplett andere Welt«, sagte Malin. »Als ich eben raus war aus meiner Kabine, wusste ich null, wie ich zu dir kommen sollte, es sah ja alles so aus wie das hier, und plötzlich war da deine Tür. Zack, einfach aufgetaucht.«

»Dieser rostige alte Kahn und seine Spielchen.«

»Spielchen next level.«

Iva kam aus ihrer Kabine und schloss die Tür, die sofort hinter ihr verschwand.

»Und wo ist jetzt die Bar?«

Malin deutete nach rechts, pardon, steuerbord, da wuchs gerade mühelos ein immer länger werdender Tresen aus der Wand. Hinter dem Tresen stand Sheila. Heute war nichts Göttliches an ihr, keine Gestaltwandlungen, sie war einfach nur die Barfrau, stellte Drinks auf die Theke und zog dabei keinerlei Tricks ab.

Aber Sheila war nicht die Einzige hinter der Bar, da waren noch mindestens zehn andere Leute, die Bier zapften und Getränke mixten, das Zeug dann mit vor den Tresen nahmen und sich wieder unter die Leute mischten.

»Ah«, sagte Iva, »offene Bar.«

»Ein gottverdammter Traum«, sagte Malin, »das wollte ich seit unendlich vielen Jahren mal haben.«

Bei dem Wort *unendlich* musste Iva schlucken und

ihr Herz

blieb kurz

stehen

Als die Bar endlich nicht mehr weiterwuchs, wirkte auch

diese Ecke des plötzlichen Ozeanriesen wie aus einer Jahrhundertwendekulisse gefallen. Das glänzende, dunkle Holz, die schimmernden Glasregale, und alles voller Ornamente.

Die vielen Leute, die im Saal verteilt und um die Bar herumstanden, waren nicht nur Crewmitglieder, es waren auch einige Passagiere dabei, die es offenbar nicht vorgezogen hatten, in ihren Kabinen zu bleiben. Sie alle trugen Abendgarderobe, die Männer feine, ja geradezu feinstoffliche Anzüge und Krawatten oder gleich Fliegen, die Haare gescheitelt und nach hinten gestrichen. Die Frauen trugen ähnliche Kleider wie Iva und Malin, ein bisschen schlichter vielleicht, aber nicht viel. Insgesamt gab es jede Menge sehr hoher Taillen auf dieser Party.

Alle schienen ein bisschen verzaubert zu sein, und der Zauber wirkte bis in ihre Blicke.

Sie funkelten. Die ganze Bude funkelte wie verrückt.

Auf der ausladenden, schimmernd polierten Holztreppe stand, etwa auf mittlerer Höhe, John mit seiner Gitarre und spielte Musik von George Gershwin. Die Treppe war seine Bühne. Er nutzte sie.

»Sorry«, sagte Malin, »einfach der hotteste Typ hier.«

»Was ist mit Tarik?«

»Auch.«

»Was ist mit Richard?«

»Das ist, glaube ich, mehr so dein Ding. Der hat irgendwie eine echt düstere Ausstrahlung.«

»Ach«, sagte Iva.

Auf der obersten Stufe der Treppe stand jetzt Richard und schaute runter in den Saal. Er trug einen schwarzen Anzug, ein weißes Hemd, eine schwarze, schmale Krawatte, die Haare hatte er mit glänzendem Zeug aus der Stirn gestrichen, in seinem Mundwinkel klemmte eine Zigarette, seine Hände steckten in den Hosentaschen.

»Okay«, sagte Malin, »für heute hast du gewonnen. Wo zur Hölle ist eigentlich Tarik?«

»Noch nicht gesehen«, sagte Iva, aber es fiel ihr auch schwer, woanders hinzuschauen als nach ganz oben zur Treppe. »Und wo sind eigentlich die anderen beiden? Die sind mir auch schon lang nicht mehr untergekommen, die süßen Hasen.«

Ihre Sprache war richtig in Partylaune.

»Die sind nur noch am Segeln«, sagte Malin. »Haben aber gleichzeitig ein bisschen Schwierigkeiten damit, sich an die, sagen wir mal, Gepflogenheiten anzupassen, deshalb sitzen sie permanent in irgendwelchen Kabinen und reden mit Frauen. Also, vor allem mit denen, von denen sie denken, das seien jetzt ihre offiziellen Freundinnen.«

Malin holte eine Zigarette aus ihrem Perlenhandtäschchen und zündete es an.

»Malin?«

»Ach du Scheiße, vor lauter Aufregung.«

Malin holte die restlichen Zigaretten, ein Feuerzeug und ihren Lippenstift aus der winzigen Tasche, ließ das brennende Teil fallen und trat es aus.

»So«, sagte sie, »jetzt nochmal ganz in Ruhe.«

Sie steckte sich eine Zigarette in den Mund, zog einmal schnell und reichte sie sofort an Iva weiter. Dann zündete sie sich eine neue an.

Das hatte sie schon früher oft gemacht, Zigaretten anzünden und gleich weiterverteilen, und sie machte es immer dann, wenn es ihr darum ging, etwas ganz genau zu erklären. Wobei es da meistens um total banale Sachen ging. Ihren superkomplizierten Naturwissenschaftskram regelte sie üblicherweise eher nebenbei.

»Und so«, sagte sie, »versuchen beide, jeweils eine ganz bestimmte Frau in eine Beziehung r*einzusegeln.*«

Sie zog an ihrer nagelneuen Zigarette, schaute sich großzügig im Saal um und stellte ihren rechten Fuß auf das angekokelte Perlentäschchen.

»Die denken echt, man kann jemanden in eine Beziehung segeln, wie naiv ist das denn bitte.« Sie ließ den Rauch aus ihren Lungen. »Die haben auch einfach noch nicht so ganz begriffen, dass hier niemand irgendwem gehört.«

Na ja, dachte Iva, einer gehört schon wem, aber sie wusste in dem Moment nicht, wen sie mit *wem* meinte, sich selbst oder die Göttinnen.

Einer aber kam die Treppe runter und bewegte sich durch die Menge auf sie zu, dabei zog er eine Spur emotionaler Verwüstung hinter sich her. Die Passagiere auf dem Parkett erlagen seiner Ausstrahlung binnen Sekunden, Frauen wie Männer ergaben sich der Kombination aus Würde, seelischer Angeschlagenheit und der schieren Unfassbarkeit eines hundertachtunddreißigsten Geburtstags.

Als er endlich bei Iva angekommen war, war Malin auch wieder bei Tarik angekommen beziehungsweise Tarik bei Malin, auf jeden Fall hatten sie sich gefunden, und offensichtlich auch die Kiste mit dem Champagner. Sie standen zusammen hinter der Bar und bauten eine Pyramide aus Gläsern, vermutlich um sowohl die Gläser als auch sich zu befüllen.

Tarik trug einen hellgrauen Anzug über einem schwarzen Hemd, keine Krawatte. Seine dunklen Locken fielen ihm ins Gesicht, und er sah aus, als würde er es genießen, glücklich zu sein. Iva hatte ihn zuvor nie so wahrgenommen – als jemanden, der gern glücklich war. Dem das Glück genügte. Aber jetzt.

»Guten Abend.«

»Guten Abend«, sagte Iva.

Sie sah Richard in die Augen, und sofort zuckte das erste *guten Abend,* das sie vor einer gefühlten Ewigkeit an Deck gewechselt hatten, durch ihre Adern.

In dieser Raucherecke im Wind.

Sein Blick von der Seite.

Ihre brennenden Fingerspitzen, als ihre Hand in seine gerutscht war.

»Deine Freunde haben Spaß«, sagte er und sah zur Bar. Da standen jetzt auch Flavio und Mo mit zwei Frauen aus der Crew, wahrscheinlich ihre Auserwählten, und es war fast rührend zu beobachten, wie die beiden sich in den Ring warfen, wie sie alles auffuhren, was ihnen an Charme zur Verfügung stand, und wie süß sie dabei aussahen, in ihren weißen Anzügen mit den roten Krawatten und den roten Nelken am Revers.

»Was machen die da?«

Richard zog amüsiert an seiner Zigarette.

»Überzeugungsarbeit in Sachen Liebe«, sagte Iva.

»Oh«, sagte Richard. »Na dann. Viel Glück.«

»Es wird nicht funktionieren«, sagte Iva.

»Es muss halt einfach klicken«, sagte Richard und schaute sie an.

»Ich hab noch gar nichts zu trinken«, sagte sie.

Er bot ihr seinen Arm.

»Kommst du mit mir an die Bar?«

Sie hakte sich bei ihm ein, fragte sich, ob das jetzt nicht vielleicht schon wieder zu viel sein könnte, und wischte den

Gedanken weg. Sie warf ihn in hohem Bogen ins Meer. Sollte sich doch wer anders darum kümmern.

An der Bar gab es ein Riesenhallo, heilige Scheiße, hundertachtunddreißig!

Malin und Tarik waren fertig mit ihrer Champagnerpyramide, Flavio und Mo scheiterten weiter tapfer an ihren Brünettgoldenen, die eine trug ein grünes Kleid, die andere ein silbernes, und sie badeten in der Aufmerksamkeit der zwei Flirtmaschinen. Mehr aber auch nicht.

Genau genommen ließen sie die beiden Typen immer dann aufs Schönste abblitzen, wenn einer auch nur für eine Sekunde das Wort *Beziehung* im Augenwinkel hatte.

Richard ließ sich von Malin zwei Schalen Champagner geben, sie liefen über, das Zeug prickelte auf Ivas Hand. Sie hob ihr Glas.

»Auf dich.«

Er lächelte und trank seinen Champagner in einem Zug.

»Okay, so läuft das heute Abend?«

Er nickte und nahm zwei weitere Gläser von der Pyramide.

»Jeder hundertachtunddreißig Drinks. So will es das Gesetz.«

»Welches Gesetz genau?«

»Das du-und-ich-und-heute-Gesetz.«

Iva hatte das Gefühl, dass es ein gutes Gesetz war. Richard tauschte die leere Champagnerschale in ihrer Hand gegen eine volle aus. Sie stießen an und tranken, schnell und direkt.

John wechselte währenddessen den Takt und spielte jetzt Tanzmusik. Nichts Bestimmtes, einfach nur Tanzmusik. Es musste quasi getanzt werden, das spürten alle sofort. Es gab diese Art von Musik, wer dazu nicht tanzte, hatte die Kontrolle über sein Herz verloren. Es dauerte nur ein paar Augenblicke, bis sich der ganze Saal bewegte, Frauen tanzten mit Männern, Frauen tanzten mit Frauen, Männer tanzten mit Männern, und mit jeder Drehung änderten sich die Paarungen, jede und jeder fasste jede und jeden an, und John sang dazu in einer Sprache, die Iva nicht verstand. Vielleicht war es Isländisch, vielleicht aber auch etwas noch Älteres.

Richard griff nach ihrem Glas und stellte es zusammen mit seinem auf den Tresen.

»Tanzt du mit mir?«

»Ist das denn erlaubt? Was, wenn sie es sehen?«

»Sie sind nicht da.«

»Und wer hat das alles hier gemacht?«

Iva hob die Hände und schaute hoch zu den Kronleuchtern, zur Glaskuppel.

All die Kerzen.

»Das weiß ich nicht«, sagte Richard. »Das passiert jedes Jahr. Vielleicht sind sie es, vielleicht ist es das Schiff selbst, vielleicht gibt es noch einen anderen Gott, von dem wir gar nichts wissen, vielleicht ist es auch einfach nur mein Geburtstagsgeschenk.«

»Und sie kommen nie vorbei, um dir zu gratulieren?«

»Nein. Es ist mein Abend. Frag mich nicht, warum ich das so genau weiß, aber es ist so. Ich habe genau zwölf Stunden frei. Frei von allem.«

»Das heißt, du darfst heute machen, was du willst?«

Er legte ihr eine Hand um die Taille, die andere spielte mit ihren Haaren.

»Wie lange noch?«, fragte sie.

»Bis morgen früh um sechs.«

»Okay. Dann lass uns tanzen.«

»Und dann holen wir uns die restlichen hundertsechsunddreißig Drinks?«

»Es ist dein Abend, Richard.«

Er zog sie auf die Planken.

Sie tanzten.

Sie hielten sich fest.

Sie genehmigten sich die nächsten dreiundzwanzig Drinks.

Und tanzten wieder.

Richards Arm um ihre Taille entwickelte Zug, seine Hand schloss sich fester um ihre, sein Mund näherte sich ihrem Nacken, sie spürte seinen Atem, er nahm kurz Blickkontakt mit John auf, und der wechselte nochmal den Takt, nicht groß, nur ein bisschen, und Iva war sich erst nicht sicher, aber als John anfing in sein Mikrofon zu summen, erkannte sie den Song, für sie war es einer der schönsten Songs der Welt, und nicht nur jetzt, sondern immer. Ja, dachte sie, tanz mich doch einfach zum Ende der Liebe, und dann ließ Richard sie los und nahm ihre Hand und zog sie raus aus dem Saal und führte sie durch die Gänge.

Er bekräftigte nochmal das Gesetz, und zwar durch seine ganze Kabine.

»Ja«, sagte Iva, »mach«, und sie registrierte siebzehn Meter hohe Wellen, vielleicht waren es aber auch mehr.

Kurz vor Mitternacht standen sie wieder an der Bar, und sie waren jetzt ganz offen ein Liebespaar, das sich vor aller Augen küsste, sie bestellten Drinks, so schnell sie konnten, sie hatten schließlich erst fünfundzwanzig intus und noch hundertdreizehn vor sich.

Sie verströmten eine eigentümliche Würde, als wäre eben in seiner Kabine ein Lebewesen geboren worden in ihren Armen.

Und so kam es, dass sich auch in der Wahrnehmung der anderen die Gewichte auf dem Schiff Stück für Stück ganz grundlegend verschoben.

Wegen der Liebe

1. Akt

Eine große Bühne, auf der Bühne das Innere eines Ozeanriesen, ein üppig geschmückter Festsaal, viel auf Hochglanz poliertes Holz, Stuck und Statuen und Reliefs in den Farben Weiß und Gold, eine überdimensionale, nach oben immer breiter werdende Treppe ins Nirgendwo, eine Bar wie aus einem der ganz großen Hollywoodfilme über die dekadent-verzweifelte Zeit Anfang des letzten Jahrhunderts.
In der Mitte der Bühne hängt ein überdimensionaler Kronleuchter.

Auf der offenen Seitenbühne machen eine Handvoll Techniker ihre Techniksachen, eine Feuerwehrfrau lehnt an einer schwarzen Wand, die Inspizientin sitzt in ihrem gläsernen Kasten vor ihrem Bildschirm, sie trägt ein Headset, zum Dutt gesteckte blonde Haare, einen schlichten, schwarzen Pullover und eine schwarze Hose, dazu Schlangenlederstiefeletten. Inmitten des Teams, von den anderen unbeachtet, steht ein Liebespaar, sie halten sich im Arm, sie scheinen nichts von dem, was um sie herum passiert, mitzubekommen, sind ganz bei sich in ihrer Umarmung. Er ist groß und dunkelhaarig, trägt einen schwarzen Anzug, sie ist auch relativ groß und von athletischer Statur, die schwarzen Haare fallen in dicken Locken über ihre Schultern, der Saum ihres langen, blauen Kleides berührt fast den Boden.

Im Zuschauersaal sind nur wenige Plätze belegt. Im Parkett sitzen vielleicht vierzig Gäste, die meisten Reihen sind leer. Im ersten Rang, getrennt vom restlichen Publikum, sitzen fünf weitere Menschen mittleren Alters, zwei Männer, eine Frau, und ein Paar aus Frau und Mann.

Über der Seitenbühne ist eine Schaukel befestigt, darauf sitzt ein Kind, ein vielleicht neun oder zehn Jahre altes Mädchen. Sie ist schmal, fast zu dünn, die dunklen Haare sind glatt und schulterlang, der Pony müsste mal wieder geschnitten werden. Sie trägt grüne Leggins, einen dunklen Hoodie und Turnschuhe. Sie ist die Art von Mädchen, das am Rand steht und erst viel später in ihrem Leben begreifen wird, warum das so ist. Und dass es Menschen gibt, die sie um ihre düstere Entschlossenheit beneiden. Sie schaukelt unbeteiligt vor sich hin, was unter ihr passiert, scheint sie nicht zu interessieren.

Über dem Publikum schwebt eine Diskokugel, die nur wenig Licht abbekommt, hin und wieder schickt sie einen glitzernden Punkt in den Saal auf der Hauptbühne.

Die Feiernden im Saal machen zurückhaltende Feiergeräusche, als wäre ihre Tonspur runtergedreht, man hört leise Musik, manche tanzen, es scheint auch schon spät zu sein, das Fest geht seinem Ende entgegen.

Vorn an der Bühne stehen eine Frau in einem korallenroten Etuikleid, eine Frau in einem langen, weißen Kleid und ein junger Mann mit kurzgeschorenem, blondem Haar, in einem schlichten, dunklen Anzug und dunklem

Hemd. Ein Stück abseits, neben der Frau in dem weißen Kleid, steht ein Mann mit dunklen, kinnlangen Locken. Er trägt einen hellgrauen Anzug über einem schwarzen Hemd, in der einen Hand hält er ein Glas Champagner, in der anderen eine Zigarette. Er lässt die Frau in dem weißen Kleid nicht aus den Augen.

HANNAH Die lieben sich, das ist ja wohl offensichtlich.

ALLE *(hören auf zu feiern)* Offensichtlich.

MALIN Es ist lange her, dass sie jemanden geliebt hat, vielleicht hat sie noch nie jemanden ... also ... in der Art. Ich meine, ich hab sie noch nie so gesehen. Mit jemandem.

ALLE Pech.

JOHN Knack.

ALLE Was ist los?

JOHN Das bricht mir das Herz.

ALLE Dann lass mal eine Runde segeln!

JOHN Das wird in dem Fall nicht helfen.

HANNAH Es geht um viel mehr.

JOHN Es ist so zwingend.

MALIN Na ja, wenigstens haben sie diese eine Nacht. Oder? Heute Nacht ist es doch erlaubt?

ALLE Ja, und sie müssen nur ein Jahr warten, und dann dürfen sie auch wieder. Was ist schon ein Jahr?

HANNAH Ein ganzes Jahr.

MALIN Ein ganzes Jahr.

TARIK Ein ganzes Jahr.

JOHN Das kommt überhaupt nicht in Frage.

ALLE Du wirst es nicht ändern können.

JOHN *geht zur Seitenbühne, wirft einen Blick auf das Liebespaar, an der Wand steht eine Gitarre, er nimmt sie und spielt ein Lied, langsam und leise.*

DAS MÄDCHEN AUF DER SCHAUKEL Mama? Mama. Mama?

Die Frau in dem langen, blauen Kleid löst sich aus der Umarmung des Mannes und schaut nach oben zu dem Mädchen. Sie scheint nicht so richtig zu begreifen, wer sie da gerufen hat, aber irgendwas passiert in ihrem Gesicht.

HANNAH Wieso sollten wir es nicht wenigstens versuchen?

ALLE Was – versuchen?

JOHN *(unterbricht sein Spiel)* Sie zu retten.

TARIK Verdient hätten sie's.

ALLE Sagt – wer?

TARIK *leise zu* MALIN Wieso sind die denn plötzlich so unfreundlich …

MALIN Veränderungen. Veränderungen sind doch immer eine Zumutung.

ALLE Und womit – verdient?

HANNAH Richard ist unser Kapitän. Er beschützt uns und das Schiff. Seit fast achtzig Jahren, Tag und Nacht. Während wir einfach nur segeln, so viel wir wollen. Habt ihr nie gespürt, wie einsam er ist?

ALLE Beschützt uns – wovor?

JOHN *(klimpert weiter) Come on.*

HANNAH Jetzt tut doch nicht so dumm.

Spot auf die Diskokugel, sie schickt eine Ladung Blitze in den Raum, sie dreht sich und dreht sich schneller und schneller, und dann, mit einem lauten Klicken, löst sie sich aus ihrer Halterung an der Decke, rast über die Köpfe des Publikums hinweg an einem Seil auf die Büh-

ne zu und kracht in den Kronleuchter. Der Leuchter ist stabil und bleibt, wo er ist, aber die Diskokugel platzt, sie ist nur ein verspiegelter Luftballon. Heraus fallen, in die Mitte der Bühne, ein Dutzend paillettenbestickte Bomberjacken und fünf hellbraune Robbenfelle.

Vor die Seitenbühne fällt ein schwarzer Vorhang, die große Bühne dreht sich, und der Festsaal verschwindet. Stattdessen sind da jetzt, vor schwarzem Hintergrund: Klippen, Felsen, Steine, am Rand ein bisschen plätschernder Ozean. Die Wesen, die auf den Klippen, Felsen und Steinen stehen, sind vielleicht nicht unbedingt Frauen, aber sie sind weiblich. Sie sind geschmückt wie vom Himmel gefallene Ikonen, manche sind in kostbare Gewänder gehüllt und tragen glitzernden Kopfschmuck oder zarte Schleier oder robuste Tücher oder gleich Fischernetze, manche sind voller Muscheln oder haben Wassertiere dabei, ein paar von ihnen sehen ganz anders aus, das geht eher so in Richtung bezauberndes Ungeheuer. Einige haben Fischschwänze, einige sind einfach nackt, den meisten fallen die Haare bis auf die Hüften. Sie drehen dem Publikum den Rücken zu, sie schauen zum schwarzen Bühnenhintergrund, und sie sind stumm. Nur eine schaut ins Publikum, sie sitzt ganz vorn auf einem Felsen, ihre langen, roten Locken ergießen sich wie ein Wasserfall über die porzellanfarbene Haut ihres nackten Oberkörpers, im Gesicht hat sie ein paar sehr hübsche Sommersprossen, der orange schimmernde Fischschwanz unterstreicht ihre Schönheit.
Ihr Blick oszilliert eine Weile zwischen Irritation, Verunsicherung, Wut, Angst, dann drückt sie ihre Schultern

durch, ihr Fischschwanz gerät in Bewegung, und ihr Gesicht sagt: Fighting Spirit.

Vorhang.

2. Akt

Die Bühne hat sich wieder gedreht. Auch der Vorhang der Seitenbühne ist wieder offen. Der Festsaal ist mit den gleichen Leuten gefüllt wie zuvor, der größte Teil von ihnen schaut zur Decke, raucht und schweigt. Fast alle haben die Paillettenjacken angezogen, bis auf fünf Frauen, sie tragen die Robbenfelle über ihren Abendkleidern und dazu schmutzige Cowboystiefel.

DAS MÄDCHEN AUF DER SCHAUKEL *hat die Kapuze ihres Hoodies auf und tief ins Gesicht gezogen, sie schaukelt.*
JOHN *spielt leise Melodien auf seiner Gitarre.*
HANNAH, MALIN und TARIK *haben sich der Seitenbühne zugewandt und halten Blickkontakt mit dem Liebespaar, das jetzt offenbar doch registriert, was auf der Hauptbühne vor sich geht.*
HANNAH *hebt langsam erst die linke Hand, dann den ganzen linken Arm und ballt die Faust.*
MALIN *macht es ihr nach.*
TARIK *auch.*
DIE FRAU AUF DER SEITENBÜHNE *streckt den dreien ihre rechte Hand entgegen.*
DER MANN AUF DER SEITENBÜHNE *legt den Arm um die Frau.*

JOHN *schaut zu dem* MÄDCHEN AUF DER SCHAUKEL *hoch und zwinkert ihr zu.*

In die Hauptbühne kommt Bewegung, die vormals Feiernden laufen durcheinander, manche drücken ihre Zigaretten in große Aschenbecher, die jetzt überall herumstehen, andere gehen zur Bar und versorgen sich mit Getränken.

Auch HANNAH, MALIN und TARIK *holen sich Getränke,* HANNAH *organisiert zusätzlich noch ein Bier für* JOHN.

JOHN *(unterbricht sein Gitarrenspiel)* Wir müssen reden.

ALLE Na, dann fang doch mal an.

JOHN Okay. Was sind wir bereit aufzugeben, damit die beiden sich lieben können?

ALLE Was, aufgeben – wie?

HANNAH Nennen wir es doch vielleicht lieber abgeben. Wer anderen helfen will, muss etwas abgeben. Oder zumindest etwas geben. Etwas verschenken. Was können wir ihnen schenken?

MALIN Lasst uns konkret werden.

HANNAH Wir haben es schön hier, wir haben es warm, sicher und trocken, wir segeln, so viel wir wollen, und das alles seit Jahrzehnten. Aber wollen wir unser bequemes Leben wirklich auf Kosten anderer leben? Und, was wir ja gern vergessen, weil es sonst ungemütlich werden könnte in unseren Köpfen: Frei sind wir nicht. Wir müssen auf Spur bleiben. Außerdem: Bisher waren sie freundlich zu uns, richtig liebevoll sogar. Aber wer weiß schon, was denen morgen einfällt? Sie könnten uns jederzeit versenken, einfach weil sie es wollen. Wenn wir es beenden, ist es wenigstens unsere Entscheidung.

ALLE Worum geht's hier?

JOHN Um Liebe, wie ich schon sagte. Und vergesst das Kind nicht.

ALLE Ach, Gott, ja, scheiße, das Kind.

DAS MÄDCHEN AUF DER SCHAUKEL Macht doch, was ihr wollt, Erwachsene machen eh immer, was sie wollen, Erwachsene gehen mir sowas von auf den Keks, Mama, kann ich einen Keks?

Die Frau auf der Seitenbühne will in ihren Taschen wühlen, aber dann merkt sie, dass ihr Abendkleid keine Taschen hat, sie schaut zu Malin, sieht sie bittend an.

MALIN *(wirkt etwas verwirrt, so als würde sie jetzt erst begreifen, worum es wirklich geht)* Sorry, ich hab auch keine Tasche mehr.

HANNAH Es geht um die Frage, wie wir die beiden vom Schiff kriegen.

ALLE *(wild durcheinander)* Der Kapitän darf nicht gehen, er darf nicht gehen, darf er nicht, wo kommen wir denn da hin, wenn der Kapitän einfach geht, dann gehen wir nämlich unter, wisst ihr das denn nicht, dann gehen wir verdammt nochmal unter.

HANNAH Was seid ihr nur.

JOHN Für Egoisten.

DIE EINZELNE FRAU IM 1. RANG Selber Egoist!!

JOHN Was?

HANNAH Ach, die, lass sie.

EINE *(schält sich aus* ALLEN *raus, es ist eine der Frauen in den Robbenfellen, ihre Cowboystiefel sind tiefrot, sie tritt vor)* Ich weiß, was Hannah meint.

ALLE Sie meint – was?

EINE Wir müssen die beiden gehen lassen. Auch wegen des Kindes.

DAS MÄDCHEN AUF DER SCHAUKEL *lässt einen Spuckefaden aus dem Mund laufen.*

ALLE Jetzt hört aber mal auf, das entscheiden wir doch gar nicht. Und du da oben hör auch mal auf.

JOHN Doch, das entscheiden wir. Aber nur, wenn wir mit einer Stimme sprechen. Und ihr – *er schaut jetzt die Frauen in den Robbenfellen an, sein Blick wird plötzlich ganz weich* – ihr könnt doch auch einfach zurück ins Meer. Ihr habt eure Felle wieder.

DIE ROBBENFRAUEN *(kettenrauchend)* Ach, und dann? Machen wir alles wie früher, dengeln endlos durchs Wasser, und wenn wir mal an Land gehen, ärgern wir uns weiter mit den Leuten rum, die da eh immer schon sind? Unsere Zielgruppe an Land hat sich nicht großartig geändert. Menschen. Langweilig. Einfach nur langweilig. Nein, wir machen mitgefangen, mitgesprungen, oder wie das heißt. War doch ne geile Zeit, ey.

HANNAH Okay, gut, mitgefangen, mitgesprungen. Also, wir könnten sie fragen, alle zusammen, ob es möglich ist, dass es aufhört.

JOHN Ja, wir fragen sie einfach.

HANNAH Und wenn sie dann sagen, hm, na ja, aber …

JOHN Wenn sie »hm, na ja, aber« sagen …

HANNAH Wenn sie sagen, dass die beiden gehen können, wir dann aber alle gehen müssen …

JOHN Vielleicht auch untergehen, ding ding ding …

HANNAH Dann müssen wir das auch machen.

JOHN Dann müssen wir »ja klar« sagen.

HANNAH Dann dürfen wir nicht einknicken.

ALLE Sie – wer?

ROBBENFRAUEN Meine Fresse, Leute, ihr wisst doch, wer gemeint ist.

Vor der Seitenbühne fällt der Vorhang, die Bühne dreht sich, und da sind die weiblichen Wesen wieder. Die meisten wenden dem Publikum immer noch den Rücken zu, aber ein paar einzelne haben sich inzwischen umgedreht. Die Königlichen mit den entschlossenen Augen. Sie legen ihre Köpfe nach links und nach rechts und wieder nach links, und in ihren Gesichtern liegt ein ganz spezieller Ausdruck von ... ja, was eigentlich ... Interesse?
Die mit den roten Locken schreit auf und bricht auf ihrem Felsen zusammen.
Dann dreht sich die Bühne wieder.

Zurück im Festsaal. Der Vorhang zur Seitenbühne hebt sich. Die Techniker sind erstarrt. Die Inspizientin konzentriert sich hart, sie hat jetzt einen Schraubenzieher in ihrem Dutt stecken und einen Kugelschreiber zwischen den Lippen. Die Feuerwehrfrau ist in Alarmbereitschaft.
Das Liebespaar hält sich im Arm und beobachtet das Geschehen auf der Hauptbühne.

ALLE *reden leise durcheinander.*

JOHN *hat eine Zigarette im Mundwinkel und spielt auf seiner Gitarre, die Musik schwillt langsam an.*

ALLE Also, dann müssen wir sterben, damit die beiden sich lieben können?

DAS MÄDCHEN AUF DER SCHAUKEL Revolution! Theater! Im Theater ist immer Revolution!

ROBBENFRAU Wow.

JOHN Na ja, ganz so toll ist es auch wieder nicht.

HANNAH Es ist halt, wie es ist, was willst du machen.

JOHN *(dreht sich zum Publikum)* Was sagt ihr denn dazu? Ihr seht irgendwie aus, als wüsstet ihr Bescheid. Mit euren befugten Gesichtern und euren Menschenköpfen.

PUBLIKUM Wir sind nicht betroffen, aber wir unterstützen euer Programm.

DIE FÜNF IM 1. RANG Natürlich sind wir betroffen!! Wir sind immer betroffen!! Wir sind die Opfer!!

JOHN Boah, ey, euch hab ich nicht gefragt.

DIE FÜNF IM 1. RANG Nie fragt uns jemand!! Aber wir kennen unsere Rechte!! Meinungsfreiheit!! Jawohl!!

PUBLIKUM Ach, die schreien nur vom Rand, das machen die immer. Die muss man halt aushalten. Am besten ignorieren.

JOHN Okay, was sagt ihr jetzt dazu? Ich meine, wie schätzt ihr das ganze Ding hier ein, haben wir eine Chance?

PUBLIKUM Freiheit ist ein Gemeinschaftswerk, genau wie die Liebe, das geht nur zusammen, da geht allein gar nichts. Das muss man einfach versuchen, dafür muss man kämpfen, da bleibt euch gar nichts anderes übrig, im Prinzip. Und die Starken beschützen die Schwachen.

DAS MÄDCHEN AUF DER SCHAUKEL Ich lach mich kaputt. Erwachsene.

JOHN und ALLE *sammeln sich in der Mitte des Festsaals, und dann reden sie, aber es ist ihre Sache. Es bleibt in ihrer Mitte.*

MALIN und HANNAH *stehen währenddessen am äußersten Rand der Bühne, sie lehnen an der schwarzen Bühnenwand und rauchen.* MALIN *hat* TARIK *an der Hand und teilt ihre Zigarette mit ihm.*

MALIN Sag mal, also John, was genau ist mit dem?

HANNAH Was soll mit ihm sein?

MALIN Der ist irgendwie anders, und ich krieg nicht raus, warum.

HANNAH Er wurde hier geboren und hat das Schiff nie verlassen. Er hat einfach beschlossen zu bleiben, als er erwachsen war. Vielleicht ist es das. Ja, er ist anders. Er ist durchlässiger. Er sieht Dinge, die viele nicht sehen.

MALIN So wie du auch, oder?

HANNAH Bei mir ist das komplizierter. Ich hab halt dieses Loch in der Liebe.

MALIN Wer sind denn seine Eltern?

HANNAH Ach, was seine Eltern machen, willst du wissen?

MALIN Komm schon, du weißt, was ich meine.

HANNAH Ich hab keine Ahnung, wer sein Vater ist.

MALIN Und seine Mutter?

HANNAH Eine Selkie.

MALIN Eine Selkie?

HANNAH *deutet mit dem Kopf auf die eine* Robbenfrau *mit den roten Cowboystiefeln, die ein bissschen abseits steht.*

MALIN Echt? Sie? Unser Johnny hat eine Cowboyrobbenmutter?

HANNAH *(zuckt mit den Schultern)* Kannste dir halt nicht aussuchen.

DIE FÜNF IM 1. RANG Warum redet keiner mit uns?! Diktatur!!

PUBLIKUM Irgendwer müsste die echt mal ganz fest in den Arm nehmen. Aber wer soll es machen?

Vorhang.

3. Akt

Hauptbühne. ALLE *haben sich im Festsaal verteilt, manche sitzen auf dem Tresen, die meisten auf dem Fußboden,* JOHN *sitzt auf der Treppe und spielt Gitarre. Die Nacht ist weit fortgeschritten, auf der Seitenbühne sind keine Techniker mehr zu sehen, die Feuerwehrfrau ist auf einem Stuhl zusammengesunken. Die Inspizientin hat ihre Haare aufgemacht, sie hängt mehr in ihrem Drehstuhl, als dass sie sitzt, vor ihr stehen eine Flasche finnischer Wodka und ein halbvolles Glas.*

Das Liebespaar sitzt jetzt auf der Hauptbühne, ganz vorne am linken Rand, gleich neben der Seitenbühne. Sie sitzen aneinandergelehnt und die Beine baumeln. Die Frau hat eine kleine Flasche in der Hand, eine Art gläsernen Flachmann mit einer LED-Anzeige. Es ist 4:57 Uhr.

Ein Teil des PUBLIKUMS *ist gegangen, aber ein paar wenige Gäste sind noch da.*

DIE FÜNF IM 1. RANG *haben sich die Münder mit Paketband zugeklebt, weil sie angeblich nicht sagen dürfen, was sie denken, und sie halten Plakate in die Luft, auf denen steht unverständliches Zeug.*

HANNAH *(sitzt in der Mitte des Raums im Schneidersitz und versucht, die Lage zusammenzufassen)* Wir haben uns entschieden, sehe ich das richtig?

ALLE *nicken müde.*

HANNAH Wir haben uns entschieden, dass ab jetzt wir diejenigen sind, die entscheiden.

ALLE Ja, Powermove.

HANNAH Wegen der Liebe.

ALLE Liebe ist die Grundlage. Superpowermove.

HANNAH Und weil es bis übermorgen klappen soll, wird ab morgen verhandelt.

ALLE Ab morgen wird sowas von verhandelt.

JOHN Wen schicken wir vor?

Die Bühne dreht sich, die Seitenbühne bleibt diesmal offen, und jetzt stehen alle Göttinnen frontal zum Publikum, aber sie sind miteinander beschäftigt, sie tuscheln.
Die mit den roten Haaren und dem orange schimmernden Fischschwanz liegt vor der Gruppe auf dem Boden, ihr Felsen ist weg, sie hat ihr Gesicht in den Händen verborgen, und drei der anderen Göttinnen, die mit den zartesten Blicken, sitzen um sie herum und halten ihr die Flosse.

Und schon dreht sich die Bühne wieder. Der Festsaal hat sich geleert, nur JOHN *sitzt noch auf der Treppe, er spielt und singt* Summertime, *in der Version von Billie Holiday.* HANNAH und MALIN *stehen in der Mitte des Saals und schauen sich an. Sie tragen schwarze Businesskostüme, zwei von den* ROBBENFRAUEN *haben ihnen offenbar ihre Cowboystiefel geliehen. Das Liebespaar ist eingeschlafen. Im Zuschauerraum ist niemand mehr, bis auf einen* MANN AUS DEM PUBLIKUM, *der vorn am Bühnenrand ausharrt.*

SHEILA, *die Barfrau, kommt hinter dem langen Tresen hervor und zieht Kreise um* HANNAH und MALIN, *ihr Blick ist offen, interessiert, aber auch lauernd, als wäre sie noch jemand anders.*

DAS MÄCHEN AUF DER SCHAUKEL *sieht sich alles von oben an, zieht ihren Hoodie aus und lässt ihn fallen, er landet auf der Seitenbühne, gleich neben der Inspizientin.*

DAS MÄCHEN AUF DER SCHAUKEL Mama, kannst du den waschen?

INSPIZIENTIN Klar, mein Schatz, mach ich morgen. Und komm mal da runter jetzt, ist kein verdammter Spielplatz hier.

Vorhang.

28. November 2014

Was da letzte Nacht passiert ist.

Genau genommen hab ich keine Ahnung, was da letzte Nacht passiert ist.

Hannah und Malin sollen es aushandeln, gleich heute, ich fragte, warum ihr, und sie sagten: Weil wir es können.

Malin ist stark, Hannah ist aus Schiffsstahl gebaut, beide haben jede Menge Mut.
Ich traue ihnen alles zu.

Den Göttinnen aber auch.

Dass wir sie überhaupt so nennen jetzt.
Dass wir sie beim Namen nennen.
Neu.

Iva und ich sind wie zusammengebunden.

Ich muss sie loslassen.

Das ist es: nicht daran festhalten.

Dann lieber
an gar nichts mehr
festhalten

Deutscher Bundestag von innen, es sieht zumindest exakt so aus wie im Deutschen Bundestag, nur dass alle statt auf einem ordentlichen Fußboden eben im Wasser stehen, knöcheltief, und zwar: Hannah, Malin und die Göttinnen.

Alter Hannah

was denn

warum sieht das hier aus wie im
fucking Bundestag

was ist der Bundestag

unser Parlament
also zu Hause
an Land
in Berlin

Berlin
ich erinnere mich
an nichts Gutes

Hannah

so ist das eben
Malin

okay
aber warum sind wir jetzt
in einer Bundestagsbadewanne

das musst du sie fragen

oh wow Hannah
da sind sie

ja wow
ich hab sie ja auch noch nie gesehen
ich frag gleich mal

ich kann auch fragen

gut dann mach du

Entschuldigung
warum sieht es hier aus wie im Deutschen Bundestag

na ja Entschuldigung
wir hatten das so verstanden
dass ihr Politik machen wollt
also politische Debatte
und da dachten wir halt

okay
danke

bitte gern geschehen
denn ihr sollt wissen
auch wenn wir so aussehen
wir sind keine Monster

Dann reden sie.

Aurora borealis

Die Farben am Himmel waren gewaltig in dieser Nacht
Grün
Blau
Violett
Pink
Blau
Grün
Gelb
und dann ein dunkler Regenbogen
und dann wieder grün
und die Farben stiegen hoch

Iva saß in Richards Kabine am Fenster, während er unterwegs war. Auf der Brücke und in der Offiziersmesse, in der Bar und in den Gängen, tief im Bauch des Schiffs und einfach überall.

Die Stunden fraßen an ihr. Gleichzeitig war sie ganz ruhig.

Es ist dunkel, das Wrack eines Ozeanriesen treibt mit dem Kiel nach oben im Meer. Die See ist still, fast wie ein Spiegel. Über dem Wasser hängt der Mond, im Vordergrund springen ein paar Delfine.
Über das Wrack verteilt, liegend, sitzend, stehend, manche auch ineinander verteilt, viele ziemlich erschöpft: sie.

ICH dachte ja zuerst
die führen da nur ein THEATERSTÜCK auf

ICH dachte
die MEINEN das gar nicht so

also ich WUSSTE nicht
dass denen plötzlich wieder irgendwas WICHTIG ist
die hatten doch alles VERGESSEN
einfach ALLES vergessen
WARUM sie auf SEE leben wollten
zum Beispiel

was war das noch gleich
ich weiß es auch gar nicht mehr

ach ja
sie haben es FÜREINANDER getan
damals
DESHALB ist das doch überhaupt alles ENTSTANDEN
aber jetzt ist es ihnen
offenbar plötzlich wieder EINGEFALLEN
hat eine von euch KAPIERT
was da eigentlich VOR SICH gegangen ist

nein
aber die beiden Frauen

ja die

sie sagen ja schließlich
dass

sie sagen
was

dass sie alle sterben wollen
haben sie doch gesagt

was ist sterben

menschlich

Himmel
jetzt wollen sie wieder menschlich sein
jetzt plötzlich
wo ihnen nichts mehr droht

äh
hallo
STERBEN

finde sterben ja total schwer zu VERSTEHEN

vielleicht muss man es erlebt haben

vielleicht muss man dabei gewesen sein

wir schweifen ab
denn sie wollen ja auch
was von UNS dafür
dass wir sie sterben lassen
und das müssen wir besprechen

ACH
eben gerade
war doch alles noch so wie IMMER
und jetzt haben sie
mit Worten um sich geworfen

und was passiert dann eigentlich
mit Sheila
wenn wir sie alle sterben lassen

Sheila stirbt auch

NEIN
ich sterbe

du stirbst nicht
Lí Ban
du kannst gar nicht sterben

mein Herz
stirbt

Lí Ban

Lí Ba-han

LÍ BAN

wo ist sie

sie ist hier
wir halten sie

okay okay

er soll also gehen dürfen
mit ihr zusammen
weil sie sich lieben
und weil sie ein Kind hat
an Land
wo immer das ist

ja
das mit dem Kind
das können wir doch fühlen
wir sind doch AUCH Mütter

und was verlieren wir
wenn wir sie gehen lassen

na ja
wir verlieren das Schiff

na und
wir haben hunderte Schiffe da draußen

wir können JEDES Schiff haben
was soll der Geiz
dann lassen wir sie eben gehen
und dann soll er eben mitgehen
wenn es das ist
was alle wollen
es ist ihr Schiff
und er weiß ja
was passiert

aber können wir nicht auch einfach alle am Leben lassen

WIE
am Leben lassen

nein nein
ich will eine NATURKATASTROPHE

ich will BEDINGUNGEN

ja
genau
JEDE Verhandlung braucht Bedingungen
sonst ist es keine VERHANDLUNG

wer sagt denn das
warum sollen immer alle sterben
warum sollen solche Schiffe immer UNTERGEHEN
das ist doch konservativer Quatsch
wir könnten auch weiter damit spielen

wir suchen uns einfach
einen neuen Kapitän
es kann doch auch mal anders sein

ein neuer KAPITÄN

ein NEUER Kapitän

oh nein
ein neuer Kapitän

kann mal eine bitte kurz
wegen Lí Ban
danke

ALSO
ich finde ehrlich gesagt
das wäre jetzt ein BISSCHEN viel Veränderung

Vermutlich war er gestorben, es war nur noch nicht offiziell

Also standen sie am Samstagmorgen in Dänemark an der Gangway. Iva mit ihrer Reisetasche in der Hand, Richard mit einem Seesack auf dem Rücken. Es war der Seesack, mit dem er vor einhundertzwei Jahren die Titanic bestiegen hatte.

»Bist du so weit?«, fragte sie.

»Bist du so weit?«, fragte er.

Sie nickte.

»Und du musst dich von niemandem mehr verabschieden?«, fragte sie.

»Ich hab hier alles erledigt«, sagte er.

»Okay«, sagte sie.

»Okay«, sagte er.

Sie hielt ihm ihre linke Hand hin, er nahm sie und zog die Tür zur Gangway auf, sie gingen durch. Dann verließen sie einfach das Schiff, ganz in Ruhe, ohne zu rennen, zu klettern, zu springen. Während sie gingen, versuchte Iva zu lesen, was in Richard passierte, aber es war zu kompliziert, um es zu verstehen, und es kam ihr falsch vor, zu fragen.

Wahrscheinlich wusste er es selbst nicht, aber sie spürte, dass er mit jedem Schritt leichter atmete, dass seine Anspannung wich, und es ging mehr und mehr voran, nach der Gangway kam die kleine Terminalhalle, in der Iva zwei Wochen zuvor gestanden hatte, sie lag schnell hinter ihnen, dann nahmen sie die Rolltreppe nach unten und betraten am Ende festen Boden.

Iva zitterte. Richard nahm sie in den Arm und sagte: »Jetzt ist alles gut.«

»Ein Scheiß ist gut«, sagte sie.

Und da standen sie dann am Kai im norddänischen Hirtshals am Hafen, das Land unter den Füßen, die MS Rjúkandi vor Augen, diese bizarre Unendlichkeit eines Schiffs. Es war noch relativ früh am Morgen, gerade erst halb zehn, die Luft war von dünnem Nebel durchzogen, das Licht lag in zarten Schichten über dem Tag. Oben an der Reling standen Hannah und John und Malin und Tarik.

Malin hatte einen friedlichen Ausdruck im Gesicht. Sie hatte nicht mal daran gedacht, die Göttinnen darum zu bitten, das Schiff auch verlassen zu dürfen. Und sie war nicht bereit gewesen, es Iva zu erklären, aber es war eh schlüssig, weil es, genauso wie Malin, kompromisslos war. Wie so oft wirkte sie, als sei sie auf einer Mission, Mission Apokalypse oder was, hatte Iva vor ungefähr einer Stunde gesagt, und Malin hatte ihr die Hand auf die Wange gelegt und gesagt: »Ganz im Gegenteil.«

Die Traurigkeit, die jetzt in diesem Moment lag, sie hier unten und die anderen da oben an der Reling, war in Hannahs Augen zu lesen, denn aus dem Hintergrund kam Ola ins Bild geschlurft, mit einem Rucksack auf dem Rücken, seiner Gitarre in der einen Hand und einer Reisetasche in der anderen, und einfach sehr guter Dinge, weil er ja dachte, gleich für eine Woche an Bord zu gehen.

Er blieb neben Richard und Iva stehen und sah sie an.

»Was ist denn hier los?«

»Ola«, sagte Iva, denn sie begriff sofort.

Richards Kiefermuskeln spannten sich. Er schluckte.

»Ich bin gegangen«, sagte er.

»Du kannst nicht einfach gehen«, sagte Ola.

»Stimmt«, sagte Richard. »Einfach so kann ich es nicht.«

Ola verstand, er ließ den Seesack, den Rucksack und die Gitarre fallen und rannte los, er rannte die Treppen zur Gangway hoch, als würde er das Schiff stürmen wollen, nur das Schiff ließ sich nicht stürmen, und schon stand er wieder am Fuß der Treppe.

»Sie nehmen keine Passagiere mit, oder?«, fragte Iva.

»Wie könnten sie«, sagte Richard.

»Mein Gott«, sagte sie, »daran haben wir nicht gedacht.«

»Sie hat daran gedacht«, sagte Richard, und Hannahs Gesicht zerfiel in diesem Augenblick in Stücke, es brach einfach auseinander.

Sie kann also doch Schmerz empfinden, dachte Iva, er muss nur stark genug sein.

»Das ist ein Albtraum«, sagte sie, »das packt er nicht.«

»Wer würde sowas packen?«

»Wir müssen ihm helfen, Richard.«

»Wir können ihm nicht helfen. Wir können nur bei ihm bleiben.«

Und so blieben sie, wo sie waren, Iva neben Richard und Richard neben Olas Sachen, und sie hielten es mit ihm gemeinsam aus. Seine Versuche, sein Anrennen gegen die Gangway und gegen die Zeit, sein Flehen gegen die Reling und gegen den Himmel, sie hielten seine Tränen aus und die von Hannah, während Malin und Tarik und John sie links und rechts und in der Mitte hielten, aber die Mitte hielt nicht, und als die MS Rjúkandi gegen Mittag auslief, liefen auch der Hafen und alle, die da waren, irgendwie aus.

Der Himmel schickte Wind und Regen.

Die See machte sich bereit für einen großen Sturm.

Am Abend saßen sie in der traurigsten Kneipe der Welt, irgendwo in der Nähe des Industriehafens, oder vielleicht war es auch die Innenstadt. Die Kneipe war ein aus gelbem Stein und Sperrholz zusammengetackerter Laden mit niedrigen Decken und schmutzigen Fenstern. Auf den Tischen brannten dünne Kerzen.

Sie waren die einzigen Gäste.

Ola hing am vorderen Ende der Theke, gleich neben der Tür, jederzeit bereit *to fuck off*. Er kippte sich ein Bier nach dem nächsten rein, außerdem stand da noch eine Flasche Wodka. Er verzichtete inzwischen darauf, das Zeug in ein Glas zu füllen, nahm einfach zu jedem Bier einen großen Schluck aus der Pulle. Wirkungstrinken ohne das einlullende Gefühl von Gemütlichkeit, alles komplett verständlich, und vermutlich war er schon irgendwann heute Mittag gestorben, es war nur noch nicht offiziell.

Iva und Richard saßen am gegenüberliegenden Ende, gleich neben der Wand, jederzeit bereit, da für immer kleben zu bleiben, oder vielleicht im Stein zu verschwinden. Iva fuhr mit dem Zeigefinger die Lachfalten um Richards Augen nach. Sie waren in den letzten Stunden tiefer geworden, und sein Drei-Tage-Bart enthielt jetzt Spuren von Silber. Nicht, dass er schlagartig älter wurde, aber sie sah und spürte, dass etwas passierte. Er war eben nicht mehr unsterblich.

Sie nahm einen Schluck von ihrem Bier.

»Wie viel Zeit bleibt uns?«

Er zuckte mit den Schultern.

»Ist auch mein erstes Mal.«

»Aber es gibt eine Zeitschranke.«

»Das werden wir ja sehen.«

»Verdammtes Glück«, sagte sie.

Er küsste sie und zeigte dem furchtbar hässlichen Barmann mit zwei Fingern an, dass sie dringend mehr Bier brauchten.

Das Hotel war genau da, wo es auch vor zwei Wochen gestanden hatte, aber es war sehr viel kleiner jetzt, es gab nur noch die Rezeption, ein Zimmer und das blau leuchtende Schild auf dem Dach: *Desperate Rooms*. Es kam ihr überhaupt nicht merkwürdig vor. Solange es das Schiff gab, gab es das Hotel, und solange es das Hotel gab, gab es das Schiff, und es war mal so und mal so, und manchmal war es eben anders. Sie traten ihre Zigaretten im Sand aus, checkten ein, an der Rezeption saß immer noch oder vielleicht eher schon wieder der Typ argentinischer Pilot. Er drückte Iva den Zimmerschlüssel in die Hand und Richard einen warmen Blick in den Bauch, die Kastanienhaarfrau saß auf seinem Schoß und trank Chablis aus der Flasche.

Das Erdgeschosszimmer war dunkel und warm, vom Fenster aus konnten sie das Meer sehen. Sie machten einfach da weiter, wo sie an Richards Geburtstag aufgehört hatten, dort auf diesem Schiff in dieser Kabine, es erschien alles so weit weg, aber die siebzehn Meter hohen Wellen tanzten noch in jeder Faser ihrer Körper, das Wasser strömte durch ihre Fingerspitzen und ihre Adern, sie kamen sich mit allem entgegen, sie näherten sich den Rändern, seine Hände waren rau und gleichzeitig wie mit Samt überzogen, er drückte sie gegen die Wand und ans Fenster und irgendwie auch gegen die Decke, sie ließ ihn abheben und fliegen, jetzt waren sie die

Götter, und draußen auf dem Wasser nahm der Sturm Fahrt auf und warf das Schiff in die Luft, es drehte sich, es verlor die Balance, während Iva sich in Richard verlor und er sich in ihr, und die Rjúkandi kippte und krachte ins Meer, die Wellen klatschten in die Hände, bissen zu, verschluckten die uralten Planken, dann war es das.

Hundertachtunddreißig Jahre und drei Tage

Er sah sie an, er tätowierte sie in sein Gedächtnis, ihr Gesicht, ihre Haare, ihre Silhouette, wie sie sich im Schlaf ein bisschen bewegte, wie sie atmete. Er hatte keine Ahnung, wohin er diese Erinnerungen mitnehmen sollte, aber das ist eben das, was man tut, wenn man Abschied nimmt.

Als die Dämmerung kam, spürte er, dass er schwächer wurde. Er küsste sie auf die nackte Schulter und berührte ihren Rücken, dann stand er auf und ging zur Tür, er sah sie ein letztes Mal an. Seine Kräfte schwanden im Sekundentakt, es fiel ihm schwer, sich überhaupt aufrecht zu halten, also verließ er das Zimmer und das Hotel, und irgendwie schaffte er es zum Strand und ins Wasser, hundertachtunddreißig Jahre und drei Tage alt, Richard William Jones aus Liverpool.

Auf dem Meeresgrund, überall Wasser und Sand und hügelige Landschaft und bunte Fische. Ein großes Schleppnetz, darin ein Mann in einer abgetragenen Kapitänsuniform, gezogen wird es von: dreien.

Ran
wie groß ist bitte dein Netz ey

na Hauptsache du hast dein grünes Kleid an
und deine Perlenkrone auf dem Kopf
Magwayen

jetzt reißt euch mal zusammen
dies ist ein würdevoller Moment

okay Ak Ana
weiße Mutter
ist ja richtig
nur

wie schwer der ist
meine Güte

das ist
weil es uns so schwerfällt

gut
aber irgendwie muss er ja ins Totenreich
also zieht

Der Donner in ihren Knochen, das Licht in ihrem Bauch

Natürlich hatte sie es geahnt, aber vielleicht hatte sie gehofft, dass es nicht so schnell gehen würde, vielleicht hatte sie gedacht, sie hätten noch ein paar Jahre oder Monate, oder dass er jetzt eben einfach ganz normal altern würde und dass sie den Rest ihres Lebens miteinander verbringen würden.

Herrgott nochmal, Iva, dachte sie, wie naiv bist du?

Sein Seesack stand in einer Ecke des Zimmers, sie lag auf dem zerwühlten Bett, und das notdürftige Konstrukt ihrer inneren Architektur stürzte ein. Die Trümmer schleppten sich ans Fenster und starrten aufs Meer.

Sie schlug ihre Stirn gegen das Glas, doch es wollte einfach nicht splittern, und nach einer Weile kamen die Kopfschmerzen. Sie sackte am Fenster zusammen.

Sie spürte ihn noch überall, seine Hände, seine Wärme, seine Haut, das Gewicht seines Körpers, seiner ganzen, verdammten Existenz.

Sie kroch über den Boden zu seinem Seesack und öffnete ihn. Ganz oben lag, zusammengerollt, sein weißer Pullover, sie holte ihn raus und zog ihn an, und dann sah sie, was der Pullover hatte beschützen sollen: die große, bauchige Flasche.

Ihr fuhr ein Kreischen in die Knochen.

Die Flasche schien leer zu sein, die MS Rjúkandi war nicht zu sehen. Aber das Hotel war ja noch da, sie kniete ja hier auf dem Boden. Und solange das Hotel ... so lange war auch das Schiff ...

Sie holte das dunkel schimmernde Ding aus dem Seesack, lehnte sich an die Wand und nahm es auf den Schoß, und jetzt fing alles an zu glühen, das Innere der Flasche und auch ein Licht in ihrem Bauch.

Da war das Schiff wieder, erst nur ein Hauch, dann ganz deutlich. Es lag unter Wasser, auf dem Grund. Aber es war nicht zerschellt, es war nicht zerbrochen, es war kaum kaputt, nur den langgezogenen Schornstein hatte es erwischt.

Das Wasser, von dem das Schiff umgeben war, lag still und klar in der Flasche.

Okay, dachte sie, okay, okay, und sie zog den Korken.

Mehr Skelett-Apokalypse als Mensch

Und also kam Bewegung in die Wasseroberfläche, das Meer schäumte und spuckte, und erst war da nur ein Riss, der aber größer wurde, zu einem Schlund, einem Strudel, und dann, mit einem saftigen Geräusch, tauchte das Schiff aus dem Wasser auf.

Es brauchte ein paar Minuten, um sich zu stabilisieren. Als es zur Ruhe gekommen war, wirkte es absolut seetauglich.

Gut, der ramponierte Schornstein.

Ja, hier und da der abgesplitterte Lack.

Nun, die zerbrochenen Scheiben, die geborstenen Planken.

Die Zombiemöwe ganz vorne am Bug.

Die Crew, mehr Skelett-Apokalypse als Mensch.

Aber alles wirkte stark und kraftvoll und in sich stimmig. Alles bewegte sich ganz normal.

Nicht zuletzt die beiden Kapitäninnen auf der zerschlissenen Brücke. Sie standen nebeneinander, ein schiefes Lächeln in ihren kaputten Gesichtern, sie banden sich gegenseitig die strohigen Haare zurück, und die, die vielleicht mal blondes Haar gehabt hatte, sagte: »Also, wo soll's hingehen?«

»Karibik«, sagte die mit dem staubig-brünetten Haar, und ihr wuchs ein großes, hölzernes Steuerrad aus den Armen.

Über dem Nordatlantik kam Wind auf, das Licht blinzelte irritiert, aber zuversichtlich.

Eine gigantische Yacht, weiß und strahlend, sie rast übers Meer, springt über die Wellen, als würde sie einem anderen Schiff hinterherjagen, als wäre es ein Rennen. Die Sonne brüllt vom Himmel, und an Deck der Yacht, jede mit einem Glas voll eiskaltem Rosé in der Hand: sie.

eigentlich ist es
viel GEILER so

und was für einen KRACH die jetzt machen

ALSO ICH MAG ES

»**Verstehe**«, sagte ich zu Prof. Dr. Schneider.

Ich atmete ein und wieder aus.

Wir saßen nebeneinander, das Wasser im Kanal zu unseren Füßen lag ganz still da.

Sie nickte.

Ich fragte sie, ob sie mir ihren Vornamen verraten würde. Sie nahm einen Kieselstein, warf ihn in den Kanal und verriet es mir.

»Verstehe«, sagte ich nochmal.

Gegen Abend, als die Sonne unterging, gab ich ihr das Schiff zurück. Bevor ich mich auf den Weg machte, rauchten wir noch eine Zigarette.

Danke

Thomas Halupczok, ich kann mir niemanden vorstellen, mit dem ich so arbeiten könnte.

Werner-Löcher Lawrence, bitte geh nie, nie, nie in den Ruhestand.

Nicole Herrschmann, Antje Richers und Demian Sant'Unione für euer ausdauerndes Cheerleading.

Nora Mercurio und Christoph Hassenzahl für euer unkaputtbares Vertrauen.

Alexander Nedo, Marion Jaiser und Stephan Mehner, ihr seid Coverchefinnen.

Nina Knapitsch, weil am Ende dann doch immer ein Buch draus wird – magic!

Den Buchhandelsvertreter*innen, weil ihr so unermüdlich mit unseren Büchern durchs Land fahrt und sie in die Welt bringt.

Kristine Bilkau, Verena Carl, Anne Otto, Michael Meisheit, Bettina Buschow, Pino Oldendorf, Claudia Schumacher und Markus Friederici für die Zeit und die Zeitsprünge.

Berit Glanz, Mareike Fallwickl, Hajo Schumacher und Christian Zaschke für euer liebevolles Mitdenken, Mitentwickeln, Mitfühlen, Mitlesen.

Julia Suchorski und Gerald von Foris für die Abenteuerfahrt, Katrin Schumacher für die davor.

Ola, Tomasz, Steintór Rasmussen, Felix Schmidt und der MS Norröna.

Carsten Brosda für die stoische Unterstützung in Sachen Musik und Gedanken und auch immer dann, wenn der Zweifel kommt.

Antje Flemming, wir Hamburger Autorinnen stehen auf deinen Schultern.

Domenico für deine Großzügigkeit, Rocco, omg same, Nonno für das Haus am Meer, Romy und Wilhelm sowieso.

Karenina Köhler, ich wäre komplett lost ohne dich.